教你讀
唐代傳奇 玄怪錄

劉瑛——著

自序

民國四十年三月，我正在臺灣大學法學院政治系唸二年級，看到《中央日報》刊登「中國文藝協會舉辦小說研究組」的消息，為了想實現我從小便愛好寫作的夢，立即報名，並附上作品。經甄試錄取了，三月十二日，國父逝世紀念日，小說研究組在台北市公園路女師附小開始始業式，每晚六時到九時上課。

小說研究組由李辰冬博士和趙友培先生兩位教授主持，研究為期六個月，正式課程兩百五十小時，每週另有兩個小時的分組寫作指導，教授如潘仲規、高明、葛賢寧、陳紀瀅、李曼瑰、張其昀、羅家倫、許君武、王夢鷗、何容、沈剛伯、劉獅、王紹清、梁實秋等，都是一時之選。後來，一、二兩期結業的同學中，頗具文名的，如《紫色的愛》作者吳引漱（筆名「水束文」），散文名家王鼎鈞、《野風》半月刊創辦人施魯生（筆名「師範」）、九歌出版社發行人蔡文甫、《歸隊》作者駱仁逸、文學理論家羅德湛（筆名「羅盤」）。其它如劉非烈、舒暢、楚茹、盧克彰、鐘虹、周介塵、段彩華等，都曾有名於一時。我曾在民國四十一年十二月，以一篇中篇〈亂世家人〉，獲得中華文藝獎金委員會一千四百五十元的獎金。當時，我讀臺大大三的學雜費，還不到臺幣一百元。而這篇小說，等於是我參加小說研究組的「畢業論文」。

離開學校後進入外交部工作，雖然也有時寫一兩篇小說，但畢竟公務纏身，無法暢所欲寫。民國六十年我在非洲工作，興趣轉到唐代傳奇。寫了好幾篇論文在《中華文化復興月刊》發表。而後陸續又寫了好些篇，最後集成一書，於民國七十一年以《唐代傳奇研究》為題，由正中書局印行。其後又寫了續集，也由正中書局出版，兩書二版則由聯經發行，且已出至三版了。

民國七十八年，我任駐泰王國代表時，雖然公務較忙，公餘還是有時間，我把《唐代傳奇研究》一書予以增訂，其時初版已售罄，版權也已收回，於是將增訂後的《唐代傳奇研究》交請聯經出版社於民國八十三年再版，頁數增至四百七十六頁，民國九十五年再增訂為四百八十一頁，由聯經再版問世。此外，我又將「從傳奇看唐代社會」論文數篇集成一書，由聯經出版社以《唐代傳奇研究續集》為書名，於九十五年出版。

我七十歲時辭職退休，弄孫之餘，時間較多，於是埋頭古書中，搜尋唐代傳奇的單篇和專集，先後由秀威資訊不計利益，但為保存我國古代文化的一部分，毅然為我出版了《教你讀唐代傳奇1》為書名的三十個傳奇單篇。包括〈古鏡記〉、〈白猿傳〉、〈鶯鶯傳〉、〈霍小玉傳〉、〈李娃傳〉、〈柳毅〉等名篇。之後，又出版了拙著《教你讀唐代傳奇——博異志》、《教你讀唐代傳奇——集異記》和《教你讀唐代傳奇——聶隱娘》。

我繼續蒐集到的傳奇文章，如《玄怪錄》、《續玄怪錄》、《傳奇》、《河東記》、《宣室志》、《三水小牘》、《甘澤謠》，也都經過整理、點校、註解，甚至語譯，結集成書。將陸續由秀威資訊出版。

目前與秀威資訊編輯辛秉學兄談起，《唐代傳奇研究》與《唐代傳奇研究續集》二書，與聯經出版社的合約早已到期，經取得該公司同意我收回版權。擬在有生之年，再將兩書修訂，交請秀威資訊再版，然後湊成唐代傳奇一整套書，供學者翻閱、研究，辛兄表示支持。

本書《玄怪錄》，乃是傳奇中流傳較廣、影響較大的一本傳奇集。筆者曾跑了好多圖書館，請教了好一些學者教授，讀了不少書，花了整整一年功夫才完成，自知資質不佳、學識不足，誠盼高明不棄，予以指正，則足甚矣。

我今年九十整壽，內人胡富香女士也八十誕辰。我們結縭，正好六十週年。有了內人的鼓勵與支持，我才能完成這些書的寫作。本書的出版，正好拿來像內人致敬。謝謝她六十年來的愛護、扶持。

雖然，九十是高齡，感謝上蒼，仍讓我耳聰目明，也無老人癡呆之痕，是以，我最近仍在蒐集《紀聞》一書的篇章，涉及有可讀性的單篇，希望一年之內能交出成績，屆時將麻煩秀威資訊了。

【導讀】牛僧孺和他的玄怪錄

一、前言

唐代舉人，在應進士試之前，常有投卷之舉。所謂投卷，乃是將自己認為最得意的詩文，投獻當道或文章知名之士品鑒。若能得到品鑑者的欣賞，予以吹噓、介紹，使聲名雀起。則必然會影響到主考官員。應試者錄取的機會便大大的增加了。

五代王定保撰《唐摭言》，記錄了許多唐代進士試有關的事蹟。其卷六中有述及牛僧孺投卷之事：

韓文公、皇甫湜，貞元中名價籍甚，亦一代之龍門也。奇章公始來自江黃間，置書囊於國東門，攜所業，先詣二公卜進退。偶屬二公從容，皆謁之，各袖一軸面贄。其首篇說樂。韓始見題而掩卷問之曰：「且以拍板為什麼？」僧孺曰：「樂句。」二公因大讚賞之。問所止，僧孺曰：「某始出山隨計，進退唯公命，故未敢入國門。」答曰：「吾子之文，不止一第，當垂名耳。」因命於客戶坊僦一室而居。俟其他適，二公訪之，因大署其門曰：「韓愈、皇甫湜同訪幾官先輩，不遇。」翌日，自遺闕而下，觀者如堵，咸投刺先謁之。由是僧孺之名，大振天下。

韓愈的文章好，為一代龍門。當時士子，都以能得到文公的青睞為榮。時諺曰：「一登龍門，即聲價十倍。」實非虛語。《摭言》卷七中又載：

奇章公始舉進士，致琴書於灞滻間，先以所業謁韓文公、皇甫員外。時首造退之，退之他適，第留卷而已。無何，退之訪湜，遇奇章亦及門。二賢見刺，欣然同契，延接詢及所止。對曰：「某方以薄技卜妍醜於崇匠，進退惟命。一囊猶寘於國門之外。」二公披卷，卷首有說樂一章，未閱其詞，遽曰：「斯高文，且以拍板為什麼？」對曰：「謂之樂句。」二公相顧大喜曰：「斯高文必矣！」公因謀所居。二公沉默良久，曰：「可於客戶坊稅一廟院。」公如所教，造門致謝。二公復誨之曰：「某日可遊青龍寺，薄暮而歸。」二公其日聯鑣至彼，因大署其門曰：「韓愈、皇甫湜同謁幾官先輩。」不過翌日，輦轂名士咸往觀焉。奇章之名由是赫然矣。

同是一事，在同一書中兩次出現，足見投卷風氣在當時是十分流行的。

但我們發現：這一則報導，大有問題。

首先，舉人們投卷的對象，一定是已中過進士而且是有文名的高官。即所謂先輩。不可能是尚未成名——即尚未通過進士試的年輕小夥子。

依據清徐松的《登科記考》卷十五〈貞元二十一年〉篇（西元八〇五年），僧孺於是年進士試及第。同榜進士後來知名者尚有沈傳師、李宗閔、楊嗣復、陳鴻等。同書卷十六〈元和元年〉篇（西元八〇六年）載：當年進士及第者，狀頭是武翊黃。皇甫湜是年及第。

是以，皇甫湜中進士較牛僧孺還晚了一年。

（按：德宗貞元二十一年正月駕崩，太子李誦病風且瘖。雖即位，為順宗皇帝。不久——八月——立皇太子李純為帝。是為憲宗。自稱太上皇。他在位不到一年，雖將貞元二十一年改成了永貞元年，實際上，永貞元年和貞元二十一年屬同一年。次年，便是憲宗皇帝元和元年。）

再以年紀來說：牛僧孺元和三年賢良方正能言極諫科策名第一。（見《冊府元龜》、《唐會要》、兩《唐書》和《登科記考》），年二十九歲。皇甫湜同榜及第，列名在僧孺之後。年三十一歲。比僧孺只大兩歲。韓愈貞元八年及第（西元七九二年）。元和三年，已四十一歲了。（參閱劉瑛著《唐代傳奇研究續集》附錄〈韓文公年譜〉）

是以，僧孺謁文公所投獻所業，應該實有其事。見皇甫湜則未必。

又依據《登科記考》：皇甫湜元和元年進士及第後，授陸渾尉。在唐朝，縣尉不過是一個從九品上的小官。《摭言》中稱他為「員外」。員外的官品是從六品。未中進士的一介布衣居然是從六品，根本不可能。

牛僧孺好投卷，唐人范攄的《雲溪友議》中也有一段記載說：

> 牛僧孺赴舉之秋，每為同袍見忽。嘗投贄於補闕劉禹錫。對客展卷飛筆，塗竄其文。且曰：「必先輩期至矣。」雖拜謝礱礪，終為怏怏。歷三十餘歲，劉轉汝州，僧孺鎮漢南，枉道駐旌。信宿，酒酣直筆，以詩喻之。劉承詩意，才悟往年改牛文卷。僧孺詩曰：「粉署為郎四十春。向來名輩更無人。休論世上昇沉事。且問罇前見在身。珠玉會應成咳唾。山川猶覺露精神。莫嫌恃酒輕言語。曾把文章謁後塵。」「禹錫詩云：「昔年曾忝漢朝臣。晚歲空餘老病身。初見相如成賦日。後為丞相掃門人。追思往事咨

嗟久。幸喜清光語笑頻。猶有當時舊冠劍。待公三日拂埃塵。」牛吟和詩。前意稍解。曰：「三日之事。何敢當焉。」（宰相三朝主印得以升降百司。）於是移宴竟夕。方整前驅。【〈劉禹錫〉】

南宋計有功撰《唐詩紀事》，其卷三十九〈牛僧孺〉條下也有同樣的記載。由這段記載，我們確認牛僧孺好投卷，而且心胸不廣。至於皇甫湜的為人，《新唐書》卷一百七十六〈皇甫湜傳〉中說：

皇甫湜字持正，睦州新安人。擢進士第，為陸渾尉，仕至工部郎中，辨急使酒，數忤同省，求分司東都。留守裴度辟為判官。度修福先寺，將立碑，求文於白居易。湜怒曰：「近捨湜而遠取居易，請從此辭。」度謝之。湜即請斗酒，飲酣，援筆立就。度贈以車馬繒綵甚厚。湜大怒曰：「自吾為顧況集序，未常許人。今碑字三千，字三縑，何遇我薄耶？」度笑曰：「不羇之才也。」從而酬之。

湜嘗為蜂螫指，購小兒斂蜂，擣取其液。一日命其子錄詩，一字誤，詬躍呼杖。杖未至，嚙其臂血流。

而《太平廣記》卷二百四十四引《闕史》中有關皇甫湜的記載，更為惡劣：

唐皇甫湜氣貌剛質。為文古雅。恃才傲物。性復褊直。為郎時。乘酒使氣忤同列者。及醒。不自適。求分務東洛。值伊瀍仍歲歉食。淹滯曹不遷。省俸甚微。困悴且甚。嘗因積雪。門無行跡。庖突不煙。裴度時保釐洛宅。以美詞厚幣。辟為留守府從事。湜簡率少禮。度亦優容之。先是度討淮西日。恩賜鉅萬。貯於集賢私第。度信浮圖教。念其殺戮者眾。恐貽其殃。因捨討淮叛所得。再修福先佛寺。備極壯麗。就有日矣。將致書於白居易。請為碑。湜在座。忽發怒曰。近捨某而遠徵白，信獲戾於門下矣！某之若（若字原空缺，據黃本補。），方白之作。所謂寶琴瑤瑟而比之桑間濮上也。然何門不可曳長裾。。某自此請長揖而退。賓客無不驚悚。度婉詞謝之。且曰。初不敢以仰煩長者。慮為大手筆見拒。今既爾。是所願也。湜怒稍解。則請斗酒而歸。至家。獨飲其半。乘醉揮毫。其文立就。又明日。潔本以獻。文思古謇。字復怪僻。度尋繹久之。不能分其句讀。畢歎曰。木玄虛、郭景純江海之流。因以寶車名馬。繒綵器玩。約千餘緡。置書。遣小將就第酬之。湜省書大怒。擲書於地。謂小將曰。寄謝侍中。何相待之薄也。某之文。非常流之文也。曾與顧況為集序外。未嘗造次許人。今者請為此碑。蓋受恩深厚耳。其碑約三千字。一字三疋絹。更減五分錢不得。小校既恐且怒。歸具告之。僚屬列校。咸振腕憤悱。思臠其肉。度聞笑曰。真奇才也。立遣依數酬之。

皇甫湜如此恃才傲物，貪財寡義，恐怕很難得到士林的敬仰。而考進士策第，他還比僧孺晚了一年。元和三年制科「賢良方正能直言極諫」科試雖錄取，排名卻在狀頭僧孺之後。若說僧孺曾謁見他求提攜，似乎不太可能。

二、牛僧孺的仕履

牛僧孺，字思黯，兩《唐書》都有傳。都說他是隋朝僕射牛弘的後裔。《隋書》卷四十九〈牛弘傳〉中說：

牛弘字里仁、安定鶉觚人也。本姓尞氏。祖熾，郡中正。父允，魏侍中、工部尚書。臨涇公。賜姓為牛氏。

僧孺的高祖牛鳳。曾祖休克。祖父牛紹，官太常博士。父幼簡，官華州鄭縣尉。母周氏，家世不詳。

我們根據兩《唐書》、李玨的〈牛公神道碑〉、杜牧的〈牛公墓誌〉和《登科記考》諸書，為他列出一個簡單的年譜如次：

建中元年（七八〇），生於華州鄭縣。時，父為鄭縣尉。

貞元二年（七八六），父喪。

貞元十年（七九四），十五歲，依祖產為學。

貞元二十一年（八〇五），二十六歲。登進士第。

元和三年（八〇八），二十九歲，賢良方正能直言極諫科名列第一。由於「條指正政，其言骾訐。」調伊闕尉。

元和五年（八一〇），三十一歲，遷監察御史。

元和九年（八一四），三十五歲，母喪。服闋，仍為監察御史，轉殿中侍御史，遷禮部員外郎。

元和十三年（八一九），四十歲，轉都官員外郎，兼侍御史。

元和十五年（八二〇），四十一歲，穆宗即位，遷庫部郎中，知制誥。徙御史中丞，按治不法，內外澄肅。賜五品服。

長慶元年（八二一）四十二歲，賜紫。（三品服）

長慶二年（八二二）四十三歲，拜戶部侍郎。《白居易文集》卷三〈牛僧孺可戶部侍郎制〉。）

長慶三年（八二三），四十四歲，以戶部侍郎同中書門下平章事（相職）。

長慶四年（八二四），四十五歲，正拜中書侍郎同平章事。加銀青大夫三品，兼集賢大學士，監修國史。四月。封奇章縣子。十二月，晉封奇章縣公。

寶慶元年（八二五），四十六歲，正月，檢校禮部尚書同平章事。同月，以宰臣建節夏口。充武昌軍節度使。

寶曆二年（八二七），四十八歲，鎮武昌，改築武昌城。

太和元年（八二七），四十八歲，文宗即位，就加吏部尚書仍鎮武昌。

太和四年（八三〇），五十一歲，召入朝拜兵部尚書同中書門下平章事。（再任宰相。）

太和五年（八三一），五十二歲，重拜中書侍郎、宏文館大學士。

太和六年（八三二），五十三歲，檢校右僕射同平章事，揚州大都督府長史、充淮南節度使。

太和七年（八三三），五十七歲，在淮南。屢請罷職致仕，均未獲准。
開成二年（八三七），五十八歲，檢校司空，為東都留守。
開成三年（八三八），五十九歲，拜左僕射，晉京朝見。還，留守東都。
開成五年（八四〇），六十一歲，鎮襄陽。
會昌元年（八四一），六十二歲，罷為太子太師。
會昌二年（八四二），六十三歲，檢校司徒。太子太保。
會昌三年（八四三），六十四歲，兼太子太傅，留守東都。
會昌四年（八四四），六十五歲，是年九月，降為太子少保，再貶汀州刺史。十一月，復貶為循州長史。
會昌六年（八四六），六十七歲，是年八月，量移衡州長史。
大中元年（八四七），六十八歲，移汝州長史。遷太子少保。
大中二年（八四八），六十九歲，轉太子少師。不半年，卒於東都之南莊。
至於牛僧孺和李德裕的牛黨李黨黨爭事，孰是孰非，經過曲折，都不在本文討論之列。有太多的史書、論著，可資參考。此處不贅。

三、玄怪錄

牛僧孺初出道便頗有文名。《全唐文》有載他的文章十九篇。其後《唐文拾遺》又補輯到兩篇。合共二十一篇。就此二十一篇文章的用字造詞而言，王夢鷗先生的《唐人小說研究》第四集中，認為和韓文公的文章為近。以文筆論，不亞於皇甫湜。當時京師有口號稱：「太牢筆、少牢口，南北東西何處走？」（按：太牢為牛。少牢為羊。李黨人稱牛僧孺為「太牢」。楊虞卿為「少牢」。僧孺以文章名，虞卿以雄辯著。）

牛文，讀過的人，少之又少。而牛著《玄怪錄》，讀過的人可多了。

《新唐書》卷五十九〈藝文志〉三「小說家類」，列：「牛僧孺：《玄怪錄》十卷。」

商務印書館人人文庫趙希弁袁州本的晁公武《郡齋讀書志》卷三下「小說類」，著錄：「《續玄怪錄》十卷：右唐李復言撰。續牛僧孺書也。」而無《玄怪錄》。

別的版本據說於「小說類」下列：「《元怪錄》十卷，牛僧孺撰。僧孺為宰相，有聞於世，而著此等書。「周秦行紀」之謗蓋有以致之也。」

而於《續玄怪錄》後註云：「續僧孺書。分仙、術、感應三門。」

陳振孫的《直齋書錄解題》卷十一列有：「《元怪錄》十卷。唐牛僧孺撰。《唐志》十卷。李復言《續錄》五卷。館閣書目同。今但有十一卷，而無續錄。」陳真齋較晁公武晚百年左右。公武所見者，《玄怪錄》十卷、《續玄怪錄》十卷。而直齋所見，僅《玄怪錄》十一卷，並無《續錄》。南宋曾慥的《類說》中，也僅著錄《幽怪錄》，而無李復言的《續玄怪錄》。我們大膽假設：《玄怪錄》和《續玄怪錄》，在宋室南渡之後，已混抄為一了。

《四庫總目提要。子部小說家類》列《幽怪錄》一卷，敘云：

幽怪錄一卷，兩淮鹽政採進本。唐，牛僧孺撰。唐書藝文志作玄怪錄。朱國楨湧幢小品曰：牛僧孺撰元怪錄，楊用修改為幽怪錄，因世廟重元字，用修不敢不避，其實一書，非刻之誤也。然宋史藝文志載李德裕幽怪錄十四卷，則此名為複矣。唐志作十卷，今止一卷，殆抄合而成，非其舊本。末附李復言續錄一卷，考唐志及館閣書目皆作五卷，通考則作十卷，云：分仙、術、感應三門，今僅存殘篇數頁，並不成卷矣。

此外，又有范氏天一閣藏本的《續玄怪錄》四卷。提要於此一藏本後注云：

續玄怪錄四卷，唐，李復言撰。是書。世有二本：其附載於牛僧孺幽怪錄末者，蓋從說郛錄出；共二十三事，與唐志卷數不符，蓋從太平廣記錄出者。雖稍多於說郛本，然亦非完帙也。

由唐至宋，此書已歷經變亂，乃有如此之變化。到今天，千餘年後，更不容易把原書重新組合起來了！

四、廣記中輯存的玄怪錄

《太平廣記》中，註明「出《玄怪錄》」者，共三十篇。我們手頭有的商務人人文庫本《舊小說》中，僅在《玄怪錄》下列出七篇。而其中〈韋協律兄〉和〈崔紹〉兩篇，許多學者認為不是《玄怪錄》中所有。世界書局汪國垣先生所編《唐人傳奇小說》中，《玄怪錄》篇目下列有六篇。其中〈郭元振〉一文，未收入《太平廣記》中。我們現在把三書各篇名列成一表，作一比較。

	太平廣記（卷／篇次）	商務／舊小說／玄怪錄	世界書局／唐人傳奇小說／玄怪錄
一	許老翁（31／2）		
二	巴邛人（40／11）		
三	崔書生（63／3）	崔書生（9）	崔書生（1）
四	杜巫（72／10）		
五	張佐（83／2）		張佐（3）
六	董慎（296／12）	董慎（4）	
七	南纘（303／9）	南纘（3）	
八	顧揔（327／3）	顧揔（6）	
九	劉諷（329／5）	劉諷（5）	
十	崔尚（330／7）		
十一	鄭望（336／3）		
十二	元載（337／9）		
十三	魏朋（341／5）		

	太平廣記（卷／篇次）	商務／舊小說／玄怪錄	世界書局／唐人傳奇小說／玄怪錄
十四	齊推女（358／10）		齊推女（5）
十五	居延部落主（368／7）		
十六	岑順（369／7）	岑順（10）	岑順（10）
十七	元無有（369／8）	元無有（7）	元無有（2）
十八	韋協律兄（370／6）	韋協律兄（11）	
十九	曹惠（371／6）	曹惠（16）	
二十	古元之（383／14）		
二十一	蘇履霜（384／9）	蘇履霜（14）	
二十二	景生（384／10）		
二十三	盧頊表姨（386／10）		
二十四	盧渙（390／2）	盧渙（8）	
二十五	侯遹（400／8）	侯遹（15）	
二十六	蕭至忠（441／13）	蕭至忠（12）	

太平廣記（卷／篇次）		商務／舊小說／玄怪錄	世界書局／唐人傳奇小說／玄怪錄
二十七	淳于岺（442／13）	淳于岺（13）	
二十八	來君綽（474／3）	來君綽（1）	
二十九	滕庭俊（474／5）	滕庭俊（2）	
三十		崔紹（17）	

註：

一、〈韋協律兄〉見《太平廣記》卷三百七十。云：太常協律韋生之兄長，十分兇猛，天不怕地不怕。自持膽量勇力，夜宿凶宅，果擒獲一鐵鼎怪。這個凶宅是屬於鎮西節度使馬璘的。馬璘是一位非常了不起的猛將，他於大曆九年以檢校左僕射知省事，並進封扶風郡王，兩年後卒於軍，才五十六歲。《舊唐書》卷一百五十二本傳說他「積聚家財，不知紀極。在京第舍，尤為宏侈。」可能他房子太多了，才會有凶宅。

二、《太平廣記》篇末註云：「出《異怪錄》。」但黃晟本《太平廣記》作「出《玄怪錄》。」《太平廣記》卷三百八十五所載的〈崔紹〉，註「出《玄怪錄》。」又註「《說郛》卷四引作出《河東記》。」此文記太和年間事。其時，牛僧孺正在朝中秉政，可能無閒寫此種文章。是以，本篇以歸入《河東記》為宜。

三、《太平廣記》第三百四十三卷〈竇玉〉一篇，宋臨安書棚本《續玄怪錄》第十四篇即此文，題名〈竇玉妻〉。故此篇應歸入《續玄怪錄》中。

此外，我們又從曾慥所編的《類說》中找到列入《幽怪錄》的文字二十五篇。這二十五篇文字中，有十篇和《太平廣記》所列入者重複。實際上只有十五篇。篇名如次：

（一）杜子春：（《廣說》卷十六輯入此文。但註明「出《續玄怪錄》。」

（二）烏將軍：《說郛》將此篇列入《玄怪錄》。王夢鷗先生認此文「開篇語比於〈周秦行紀〉，甚類似。蓋韋瓘嘗模擬之以誣牛僧孺者也。」（《唐人小說研究》第四集上篇一）。今本《續錄》未收此文。但汪國垣《唐人傳奇小說》將此文歸入《玄怪錄》（題名〈郭元振〉）卻又說「此文頗不類思黯，殊近李復言。」吾人仍將之列入《玄怪錄》中備參。

（三）張老：（《太平廣記》卷十六載此文。下註云：「出《續玄怪錄》。」然今本《續錄》未收此篇，王夢鷗先生認此文為牛氏之作。

（四）狐誦通天經

（五）君山鸚鵡

（六）甖中猱

（七）掠剩使

（八）耐重鬼

（九）劉法師
（十）韋皋：（《太平廣記》卷三百零五之三錄有此文。其後註云：「出《續玄怪錄》」又：范攄的《雲溪友議》也有此一故事，惟標題為〈苗夫人〉。故事相同，而文字不同。）
（十一）葉令女
（十二）定婚店：（《太平廣記》卷一百五十九載此文。下註云：出《續玄怪錄》。宋臨安本《續玄怪錄》收入此篇。）王夢鷗先生認此文甚似牛氏用以作行卷之作。
（十三）張質：《太平廣記》卷三百八十錄此文。註：「出《續玄怪錄》。
（十四）塚狐學道
（十五）延州婦人：（《太平廣記》卷一百零一之十三錄有此文。後註云：「出《續玄怪錄》。」

以上十五篇，其中五篇，《太平廣記》均列入《續玄怪錄》中。其餘十篇，是否全屬僧孺手筆，尚無可考。學者也只能從用字遣詞上去揣摩了。

若此十篇列入《玄怪錄》中，和《太平廣記》所列三十篇，共四十篇。若以《唐志》所列十卷作準則，可能還嫌少一點。但，我們已作了最大的努力，天壤間恐怕再也找不到已被遺漏的《玄怪錄》篇章了。有爭論的〈郭元振〉、〈張老〉和〈定婚店〉三篇，我們列於《玄怪錄》最後，供讀者裁閱。

一〇五年九月十日修正稿

目次

一、許老翁

天寶❶中，有士人崔姓者，尉於巴蜀❷。纔至成都而卒。時連帥章仇兼瓊❸，哀其妻少而無所投止，因於青城山下置一別墅。又以其色美，有聘納之意。❹計無所出。（章仇）因謂其夫人曰：「貴為諸侯妻，何不盛陳盤筵，邀召女客？五百里內，盡可迎致。」

夫人甚悅。兼瓊因命衙官，遍報五百里內女郎，剋日會成都。意欲因會便留亡尉妻也。不謂已為族舅盧生納之矣。❺

盧舅密知兼瓊意，令尉妻辭疾不行。

兼瓊大怒，促左右百騎往收捕。

盧舅時方食。兵騎繞宅已合。盧談笑自若，殊不介懷。食訖，謂妻曰：「兼瓊意可知矣！夫人不可不行。少頃即可送素色衣來，便可服之而往。」

言訖，乘騾出門。兵騎前攬不得，徐徐而去。追不能及❻。俄使一小童捧箱，內有故青裙，白衫子，綠披子，緋羅縠絹素。皆非世人所有。尉妻服之至成都，諸女郎皆先期而至。

兼瓊覘於帷下❼，見尉妻入，光彩遶身，美色傍射。不可正視。坐者皆懾氣，不覺起拜。（尉妻）會訖歸，三日而卒。兼瓊大駭，具狀奏聞。

玄宗問張果。果云：「知之，不敢言。請問青城王老。」

玄宗即詔兼瓊：求訪王老進之。

兼瓊搜索青城山前後，並無此人。唯草市藥肆❽云：「常有二人，日來買藥，稱王老所使。」

二人至，兼瓊即令衙官隨之。入山數里，至一草堂。王老皤然鬢髮，隱几危坐。❾衙官隨入，遂宣詔，兼致兼瓊意。

王老曰：「此必多言小兒張果也。」因與兼瓊剋期到京師。令先發表，不肯乘傳。兼瓊從之使才至銀臺❿，王老亦到。

玄宗即召問之。時張果猶在玄宗側。見王老，惶恐下拜。

王老叱果曰：「小子何不言之？又遣遠取吾來！」

果言：「小仙不敢。專候仙伯言耳。」

王老乃奏曰：「盧二舅即太元夫人⓫庫子。因假下遊，以亡尉妻微有仙骨，故納為媵⓬。無何，盜太元夫人衣服與著，已受責至重。今為？單天子矣。亡尉妻以衣太元夫人衣服，墮無間獄⓭矣。」

校志

一、本文據《太平廣記》卷第三十一校錄，予以分段，並加註標點符號。

二、本文《太平廣記》註云：「出《玄怪錄》」。

三、本文標題為〈許老翁〉，而文中只有一「王老」。實因〈許老翁〉係杜光庭《先傳述遺》中的一篇，《太平廣記》列之於前，而將本文列之於後。茲將〈許老翁〉全文附錄於後：

許老翁者，不知何許人也。隱於峨嵋山，不知年代。唐天寶中，益州士曹柳某妻李氏，容色絕代。時節度使章仇兼瓊，新得吐番安戎城，差柳送物至城所，三歲不覆命。李在官舍，重門未啟，忽有裴兵曹詣門，雲是李之中表丈人。李云：「無裴家親。」門不令啟，裴因言李小名，兼說其中外氏族。李方令開門致拜，因欲餐。裴人質甚雅，因問柳郎去幾時。答云：「已三載矣！」裴云：「三載義絕」，古人所言，今欲如何？且丈人與子，業因合為伉儷，頗無拒此。而竟為裴丈所迷，似不由人可否也。裴兵曹者，亦既娶矣。而章仇公聞李姿美，欲窺覘之。乃令夫人特設筵會，屈府縣之妻，罔不畢集。唯李以夫婿在遠辭焉。章仇妻以須必見。乃云：「但來，無苦推辭。」李懼責遂行。著黃羅銀泥裙，五暈羅銀泥衫子，單絲羅紅地銀泥帔子，蓋益都之盛服也。裴顧衣而歎曰：「世間之服，華麗止此耳。」回謂小僕：「可歸開箱，取第三衣來。」李云：「不與第一而與第三，何也。」裴曰：「第三已非人世所有矣。」須臾衣至，異香滿室。裴再眎，笑謂小僕曰：「衣服當須爾耶？若章仇何知，但恐許老翁知耳。」乃登車詣節度家，既入，夫人並座客，悉皆降階致禮。李既服天衣，貌更殊異。觀者愛之。坐定，夫人令白章仇曰：「士曹之妻，容飾絕代。」章仇徑來入院，戒眾勿起。見李服色，歎息數四，乃借帔觀之，則知非人間物。試之水火，亦不焚汙。因留詰之。李具陳本末。使人至裴居處，則不見矣。兼瓊乃易其衣而進，並奏許老翁之事。敕令以計須求許老。章仇意疑仙者往來，必在藥肆。因令藥師候其出處，居四日得之。初有小童詣肆市藥。藥師意是其徒，乃以惡藥與之。小童往而復來，且囑云：「大人怒藥不佳，欲見捶撻。」因問：「大人為誰？」童子云：「許老翁也。」藥師甚喜，引童白府。章仇令勁健百人，卒吏五十人，隨童詣山，且申敕令。山峰巉絕，眾莫能上。童乃自下大呼。須臾老翁出石壁上，問何故領爾許人來，童具白其事。老翁問童曷不來，童曷不來，（「童曷不來」四字，明抄本不重。）童遂冉冉躡虛而上。諸吏叩頭求哀云：「大夫之暴，翁所知也。」老翁乃許行，謂諸吏曰：「君但返府，我隨至。」乃吏卒至府未久，而翁亦至焉。章仇見之，再拜俯伏。翁無敬色。因問娶李者是誰。翁曰：「此是上元夫人衣庫之官，俗情未盡耳。」章仇求老翁詣帝。許云：「往亦不難。」乃與奏事者剋期至長安。先期而至。有詔引見。玄宗致禮甚恭。既坐，問云：「庫官有罪，天上知否？翁云：「已被流作人間一國主矣。」又問：「衣竟何如。」許云：「設席施衣於清淨之所，當有人來取。」上敕人如其言。初不見人，但有旋風捲衣入雲，顧盼之間，亦失許翁所在矣。（出《仙傳拾遺》）

四、兩文故事大致相同，人名略有不同而已。

註釋

❶天寶——唐玄宗年號，共十五年，自西元七四二年至七五五年。

❷尉於巴蜀——在四川任縣尉之官。唐縣有京縣、畿縣、上、中、中下、下等六級。縣長官為令，京縣令正五品上。下縣令的官階只有從七品下。相差很大。（見《新唐書》卷四十九下〈百官志四〉。）（《唐六典》卻說：「大唐縣有赤、畿、望、緊、上、中、下七等之差。」）令下有丞一人、主簿一人、尉二人。

❸連帥章仇兼瓊——連帥：漢為太守，唐為按察使、節度使之稱。章仇是複性。其人曾任閑廄使、群牧使、五坊宮苑使等皇帝近侍之官。（見《唐會要》）由此文觀之，其人十分好色！

❹有聘納之意——有納為小妾之意。

❺不謂已為族舅盧生納之矣——「不謂」在此有「不料」的意思。「不料尉妻已為盧生納為妾了。」

❻騎騾出門，兵騎竟攔不住。徐徐而行。兵騎竟追不上——表示其人實非凡人。

❼兼瓊覘於帷下——覘、偷窺。

❽草市藥肆——賣草藥的店鋪。

❾王老皤然鬢髮，隱几危坐——王老鬢髮皆白，靠著茶几，坐得端端正正。危坐：端坐。

❿銀臺——唐宮門名。

⓫太元夫人——上仙之一。

⓬故納為媵——納為妾侍。媵：音應，陪嫁的女人。媵妾：即妾侍。

⓭無間獄——十八地獄之一。

二、巴邛人

有巴邛人❶，不知姓。家有橘園。因霜後，諸橘盡收。餘有二大橘，如三四斗盎❷，巴人異之。即令攀折，輕重亦如常橘。剖開，每橘有二老叟，鬢眉皤然❸，肌體紅潤，皆相對象戲，身僅尺餘，談笑自若。剖開後，亦不驚怖。但與決賭。賭訖。叟曰：「君輸我海龍神第七女髮十兩，智瓊額黃❹十二枚，紫絹帔一付，絳臺山霞實散二庾❺，瀛洲❻玉塵九斛，阿母療髓凝酒❼四鍾。阿母女態盈娘子躋虛龍縞襪八緉❽，後日於王先生青城草堂還我耳。」

又有一叟曰：「王先生許來，竟待不得，橘中之樂，不減商山，但不得深根蒂固，為摘下耳。」

又一叟曰：「僕饑矣，須龍根脯❾食之。」即於袖中抽出一草根，方圓徑寸，形狀宛轉如龍，毫釐罔不周悉❿，因削食之。隨削隨滿。食訖，以水噀⓫之，化為一龍。四叟共乘之，足下泄泄雲起⓬，須叟風雨晦冥，不知所在。

巴人相傳云：「百五十年來如此，似在隋唐之間，但不知指的⓭年號耳。」

校志

一、本文據《太平廣記》卷四十校錄，予以分段，並加註標點符號。

二、此文無情節，亦無詩歌、議論，略似志怪，不像傳奇！

三、雖然，此文卻流傳甚廣。象棋譜有名為《橘中秘》者。「橘」中秘，便是以此文為典故。

註釋

❶巴邛人——巴：四川。邛：邛萊山，在四川榮經縣西。

❷盎——盎：音昂。口略大於腹者曰盆，口略小於腹者曰盎。

❸皤然——指鬚眉皆雪白的樣子。

❹智瓊額黃十二枚——六朝婦女，圖黃於額，乃當時婦女時尚的一種。智瓊，不知何人。額黃

——在此應為用竹塗額之黃色粉餅之類，故稱十二枚。

❺絳臺山霞實散二庾——十六斗叫一庾。「散」，中藥有所謂「丸」「散」「膏」「丹」四種形態。散，即是粉狀。山、實，都無可考。

❻瀛州——瀛州，海上三神山之一。

❼阿母髓凝酒——阿母指瑤池仙母。

❽躋虛龍縞袜八緉——不識何物，但都非人間所有。八緉：八雙。

❾龍根脯——乾肉為脯。龍根脯？不知何物。

❿毫厘罔不周悉——最微小之處，都十分周到、清晰，活似一條真龍。

⓫噀——噴水。

⓬泄泄雲起——泄泄：鼓翼貌。此處謂雲起如飛鳥翅膀的泄泄而起。

⓭的年號——確實的年號，如開元元年。

三、崔書生

開元天寶中❶，有崔書生於東州邏谷口居，好植名花，暮春之中，英蕊芬鬱，遠聞百步❷。書生每初晨，必盥漱看之。

忽有一女，自西乘馬而來，青衣老少數人隨後。女有殊色，所乘駿馬極佳。崔生未及細視，則已過矣。明日又過。崔生乃於花下先致酒茗樽杓，鋪陳茵蓆❸，乃迎馬首拜曰：「某性好花木，此園無非手植。今正值香茂，頗堪流眄。女郎頻日而過，計僕馭當疲，敢具單醪，以俟憩息❹。」

女郎不顧而過。

其後青衣曰：「但具酒饌，何憂不至。」

女顧叱之曰：「何故輕與人言？」

崔生明日又先及，鞭馬隨之，到別墅之前。又下馬，拜請，良久，一老青衣謂女曰：「馬大疲，暫歇無爽。」因自控馬至當寢下。

老青衣謂崔生曰：「君既求婚，余為媒妁，可乎？」

崔生大悅，載拜跪請。

青衣曰：「事亦必定，後十五六日大是吉辰。君於此時，但具婚禮所要，並於此備酒肴。今小娘子阿姊在邏谷中有小疾，故日往看省。向某去後，便當咨啓，期到，皆至此矣。」於是俱行。崔生在後，即依言營備吉日所要❺，至期，女及姊皆到。其姊亦儀質極麗❻，送留女歸於崔生。

崔生母在故居，殊不知崔生納室，崔生以不告而娶，但啓以婢媵❼。母見新婦之姿甚美。經月餘，忽有一人送食於女，甘香殊異。後崔生覺母慈顏衰悴，因伏問幾下。母曰：「有汝一子，冀得求全。今汝所納新婦，妖媚無雙。吾於土塑圖畫之中，未曾見此。必是狐魅之輩，傷害於汝，故致吾憂。」

崔生入室，見女淚涕交下，曰：「本侍箕箒，望以終天。不知尊夫人待以狐魅輩。明晨即別。」崔生亦揮涕不能言。

明日，女車騎復至。女乘一馬，崔生亦乘一馬從送之。入邏谷中十里，山間有一川。川中有異花珍果，不可言紀。館宇屋室，侈於王者。青衣百許迎拜曰：「無行崔郎，何必將來。」於是捧入，留崔生於門外。

未幾，一青衣女傳姊言曰：「崔生遣行，太夫人疑阻，事宜便絕，不合相見。然小妹曾奉周旋，亦當奉屈。❽」俄而召崔生入，責誚再三，詞辨清婉。崔生但拜伏受譴而已。後遂坐於中寢對食。食訖，命酒，召文樂洽奏，鏗鏘萬變。樂闋，其姊謂女曰：「須令崔郎卻迴，汝有何物贈送？」女遂袖中取白玉盒子遺崔生。生亦留別。於是各嗚咽而出門。至邏谷口，回望千巖萬壑，無有逕路。因慟哭歸家，常持玉盒子，鬱鬱不樂。

忽有胡僧扣門求食曰：「君有至寶，乞相示也。」崔生曰：「某貧士，何有是。」僧請曰：「君豈不有異人奉贈乎？貧道望氣知之。」崔生試出玉盒子示僧。僧起，請以百萬市之，遂往。崔生問僧曰：「女郎誰耶？」曰：「君所納妻，西王母第三女玉卮娘子也。姊亦負美名於仙都。況復人間！所惜君納之不得久遠。若住得一年，君舉家不死矣。」

說明

一、本文見於《太平廣記》卷六十三之三，屬「女仙類」。商務《舊小說》卷四《玄怪錄》列為第九篇。

二、《舊小說》起首為「唐開元天寶中。」唐字當是後來編者加上去的。

三、本文據兩書加以校錄，並予以分段，加註標點符號。

註釋

❶開元、天寶——俱為唐玄宗年號。開元共二十九年，自西元七一〇至七四二年。天寶十四年，自西元七四二至七五五年。

❷英蕊芬鬱，遠聞百步——花瓣花蕊，又香又茂盛，百步之內都能聞到花香。

❸致酒茗樽杓，鋪陳茵席——鋪上地毯茵褥，獻上美酒佳茗。

❹敢具單醪，以俟憩息——醪：音勞，汁滓相將的美酒。敢，在此有「大膽」的意思。大著膽子，準備了好酒，小姐僕馬都累了，即請稍作歇息。

❺營備吉日所要——經營準備大喜日所需物事。

❻儀質極麗——外表的風儀，內在的質地，都極其高貴美麗。

❼但啟以婢媵——只告訴說是婢女妾侍。

❽曾奉周旋，亦當奉屈——曾和你交往，也請委屈一下，即待一下。

四、杜巫

杜巫尚書年少未達時，曾於長白山遇道士，貽丹一丸❶，服訖，不欲食。容色悅懌❷，輕健無疾。後任商州刺史，自以既登太守，班位已崇，而不食，恐驚於眾。於是欲去其丹❸，遇客無不問其法。

歲餘，有道士至，甚年少。巫詢之，道士教以食豬肉，仍吃血。

巫從之食訖。道士命摩挲。

須臾，巫吐痰涎至多，中有一物如栗。道士取之，甚堅固。道士剖之，若新膠之未乾者。丹在其中。道士取以洗之，置於手中，其色綠瑩❹。

巫曰：「將來，吾自收之，以備暮年服也。」

道士不與，曰：「長白吾師云：「杜巫悔服吾丹，今願出之。汝可教之，收藥歸也。」今我奉師之命，公欲去其神物。今既去矣，而又擬留至耄年。縱收得，亦不能用也。自宜息心。」遂吞之而去。

巫後五十餘年，罄產燒藥❺，竟不成。

說明

一、本文見《太平廣記》卷七十二，後註云：「出《玄怪錄》。」我們據之校錄，予以分段，並加註標點符號。

二、王夢鷗先生認為「杜巫」應為「杜亞」。（按：杜亞兩唐書均有傳。「杜巫」是否為杜亞之誤，我們不敢亂說。姑存其說，杜亞放誕奢縱，一心想作宰相，終未得逞。本文譏諷他，或有可能。）

註釋

❶貽丹一丸——贈給一顆仙丹。

❷容色悅懌——懌：音繹，也是喜悅的意思。容色悅懌，大概是說杜亞經常掛著笑容。

❸欲去其丹——想把已服下的神丹弄出去。

❹其色綠瑩——晶瑩的翠綠色。

❺罄產燒藥——耗盡財產煉丹。

五、張佐

開元中❶，前進士❷張佐常為叔父言：

少年南次鄠杜❸，郊行，見有老父乘青驢，四足白，腰背鹿革囊，顏甚悅懌❹，旨趣非凡❺。始自斜逕合路，佐甚異之。試問所從來，叟但笑而不答。至再三，叟忽怒叱曰：「年少子，乃敢相逼？吾豈盜賊椎埋❻者耶？何必知從來！」

佐遜謝曰：「嚮慕先生高躅❼，願從事左右❽耳，何賜深責？」

叟曰：「吾無術教子，但壽永者。子當嗤吾潦倒耳。❾」遂復乘，促走。佐亦撲馬趁之，俱至逆旅。叟枕鹿囊，寢未熟。

「佐乃疲，貰白酒❿將飲。試就請曰：「單瓢期先生共之。⓫」

「叟跳起曰：「此正吾之所好。何子解吾意耶！」

飲訖，佐見翁色悅，徐請曰：「小生寡昧，願先生賜言以廣見聞。他非所敢問也。」

叟曰：「吾之所見，梁、隋、陳、唐耳。賢愚治亂，國史已具。然請以身所異者語子。吾宇文周時⑫，居岐⑬。扶風⑭人也。姓申名宗，慕齊神武，因改宗為觀⑮。十八，從燕公子謹征梁元帝於荊州。州陷，大軍將旋，夢青衣二人謂余曰：「呂走天年，人向主，壽而千。」吾乃詣占夢者於江陵市。占夢者謂余曰：「呂走，迴字也。人向主，住也。豈子住乃壽也。」

時留兵屯江陵。吾遂陳情於校尉托跋烈。許之。因卻詣占夢者曰：「住即可矣。壽有術乎？」

占者曰：「汝前生梓潼薛君冑也，好服朮藥散⑯，多尋異書，日誦黃老一百紙。徙居鶴鳴山下，草堂三間，戶外駢植花竹，泉石縈遶⑰。」八月十五日，長嘯獨飲，因酣暢。大言曰：「薛君冑疏澹⑱若此，豈無異人降旨。」忽覺兩耳中，有車馬聲，因頹然思寢⑲。頭纔至席，遂有小車朱輪青蓋，駕赤犢⑳出耳中，各高三二寸，亦不覺出耳之難。車有二童，綠幘青帔，亦長二三寸，憑軾呼御者踏輪扶下，而謂君冑曰：「吾自兜玄國㉑來，向聞長嘯月下，韻甚清激，私心奉慕，願接清論。」

君冑大駭曰：「君適出吾耳，何謂兜玄國來？」二童子曰：「兜玄國在吾耳中，君耳安能處我。」

君胄曰：「君長二三寸，豈復耳有國土。儻若有之，國人當盡焦螟耳。[22]」二童曰：「胡為其然？吾國與汝國無異。不信，盡從吾遊，或能便留，則君離生死苦矣。」

一童因傾耳示君胄。君胄覘之，乃別有天地，花卉繁茂，甍棟連接[23]，清泉縈遶，巖岫杳冥。因捫耳投之，已至一都會。城池樓堞，窮極壯麗[24]。君胄彷徨，未知所之。顧見向之二童，已在其側。謂君胄曰：「此國大小於君國？既至此，盍從吾謁蒙玄真伯？」

蒙玄真伯居大殿，牆垣階陛，盡飾以金碧，垂翠簾帷帳。中間獨坐真伯，身衣雲霞日月之衣，冠通天冠，垂旒皆與身等[25]。玉童四人，立侍左右，一執白拂，一執犀如意。二人既入，拱手不敢仰視。有高冠長裙緣綠衣人，宣青紙制[26]曰：「肇分太素，國既有億，爾淪下土，賤卑萬品。聿臻於如此，實由冥合。況爾清乃躬誠，葉於真宰。大官厚爵，俾宜享之。可為主籙大夫。」

君胄拜舞出門，即有黃帔三四人，引至一曹署。其中文薄，多所不識。每月亦無請受，但意有所念，左右必先知，當便供給。因暇登樓遠望，忽有歸思，賦詩曰：「風軟景和煦，異香馥林塘。登高一長望，信美非吾鄉。」[27]因以詩示二童子。

童子怒曰：「吾以君質性冲寂，引至吾國。鄙俗餘態，果乃未去！鄉有何憶耶？」遂疾逐君胄，如陷落地，仰視乃自童子耳中落。已在舊去處。隨視童子，亦不復見。因問諸鄰人，云：「失君胄已七八年矣。」君胄在彼如數月。未幾，而君胄卒。生於君家，即今身也。」

占者又云：「吾前生乃出耳中童子。以汝前生好道，以得到兜玄國。然俗態未盡，不可長生。然汝自此壽千年矣。吾授汝符即歸。」因吐朱絹尺餘，令吞之。占者遂復童子形而滅。自是不復有疾。周行天下名山，迨茲向二百餘歲。然吾所見異事甚多，並記在鹿革中。因啓囊出二軸書甚大，字頗細，佐不能讀。請叟自宣，略述十餘事。其半昭然可記。其夕，佐將略寢，及覺，已失叟。後數日，有人於灰谷湫見之。叟曰：「為我致意於張君。」佐遽尋之，已復不見。

校志

一、本文據《太平廣記》卷八十三及世界汪國垣編《唐人傳奇小說》校錄，予以分段，並加註標點符號。

二、本文略似六朝的志怪。而有詩一章，蓋當時傳奇文體如此也。

三、《類說》中的〈兕玄國〉即此文。惟節錄過甚，且將主角換成「薛君曹」。

註釋

❶開元——唐玄宗年號。共二十九年。自西元七三一至七五九年。

❷前進士——舉子到京參加禮部試。考取了的進士，稱前進士。要再經過吏部的考試，才能授官。

❸南次鄠杜——次：止宿。鄠杜，鄠：音戶，地名，在陝西。

❹顏甚悅懌——臉色很高興。悅、喜悅。懌：音亦，欣悅。

❺旨趣非凡——意態不平常。

❻椎埋——椎殺人而埋之。《史記・王溫舒傳》：「少時椎埋為姦。」

❼嚮慕先生高躅——高躅：高行。

❽從事左右——在此，「從事」有「侍候」的意思。「服務」。

❾嗤吾潦倒——笑我潦倒。

⑩貰白酒——貰、本是借貸之意。貰：音世，買白酒。

⑪單瓢期先生共之——一瓢酒期望和老先生一起喝。

⑫宇文周——南北朝，北方的魏，由元氏倡立。後被瓜分為東西，東邊是宇文氏的周，西邊是高氏的齊。

⑬岐——陝西省岐山縣。

⑭扶風——陝西咸陽縣東。

⑮慕齊神武，因改宗為覲——按：北齊神武帝名高歡，字賀六渾。疑此處「覲」為「歡」之誤。

⑯朮藥散——朮有白朮、蒼朮。山薊。小說中常說服用朮、苓能長壽。

⑰戶外駢植花竹，泉石縈遶——駢植：相鄰而立。噴泉山石，錯落陳設之意。

⑱疏澹——疏灑澹泊，不求名利的意思。

⑲頹然思寢——疲倦想睡。

⑳朱輪青蓋，駕赤犢——紅色的車輪，青色的車幔，由赤色的小牛駕車。

㉑兜玄國——兜、有包裹，受、承接的意思。如兜肚。西僧便帽也叫兜。佛家有兜天。知足、喜足之意。道家兜率天，乃太上老君所居之處。兜玄、可能是模彷佛、道兜率。

㉒焦螟——極小的一種昆蟲。《列子》：「焦螟，群飛集於蚊睫。」

㉓甍棟連接——甍：屋脊。屋棟。謂屋屋相連。

㉔城池樓堞，窮極壯麗——古時城牆，多有護城河。城上的短牆，排列成鋸齒狀。守城人自兩堞的間隙望下看，可以將箭射出。城堞卻可為守城人提供掩蔽，窮極壯麗，十分壯觀，也十分美觀。

㉕身衣雲霞日月之衣，冠通天冠，垂旒皆與身等——形容真伯衣飾如王者。旒：音流，古代帝王帽子前後的垂玉。

㉖宣青紙制——玄宗時，規定以黃麻紙下詔。此處以青紙作成制文，以示與人間有別。小說中插入詩、文，是傳奇中常見的格式。通常天子的文書，不外詔、制。任命官員，常用制。唐任官的形式，按官品高低，有冊授、制授、教授、旨授和判補五種。諸王及正三品以上職事官、文武二品以上散官等。冊授。五品以上，制授：六品以上，教授。六品以下，旨授。流外官，判補。此處授君胄以制，當為五品以上官。

㉗賦詩一首——這也是傳奇中才有的格式。

六、董慎

隋大業元年❶，兗州佐史❷董慎，性公直，明法理。自都督以下，用法有不直者，必犯顏而諫之。雖加譴責，亦不之懼，必俟刑正而後退。

嘗因授衣❸歸家，出州門，逢一黃衣使者曰：「太山君呼君為錄事❹。」因出懷中牒示慎。牒❺曰：「董慎名稱茂實，案牘精練，將平疑獄，須俟良能。權差知右曹錄事。❻」印甚分明，後署曰「倨」。

慎謂使者曰：「府君呼我，豈有不行。然不識府君名諱何？」

使者曰：「錄事勿言，到任便知矣。」自持大布囊，內❼慎其中，負之趨出兗州郭❽。因致囊於路左，汲水調泥，封慎兩目。慎都不知遠近，忽聞大唱曰：「范慎追董慎到！」使者曰：「諾。」趨入。

府君曰：「所追錄事，今復何在？」

使者曰：「冥司幽秘，恐或洩漏，向請左曹匿影布囊盛之。」

府君大笑曰：「已死范愼追董愼，取左曹囊盛右曹錄事，可謂能防愼也。」便令寫出❾，抉去目泥，賜青縑衫，魚須笏❿、豹皮靴，文甚斑駮。邀登副階，命左右取榻令坐，曰：「藉君公正，故有是請⓫。今有閬州司馬令狐寔等六人，寘無間獄⓬。承天曹符⓭，以寔是太元夫人三等親，准令遞減三等。昨罪人程翥等一百二十人，引例喧訟，不可止遏。已具名申天曹，天曹以為罰疑唯輕⓮，亦令量減二等。余恐後人引例多矣，君謂宜如何？」

愼曰：「夫水照妍媸⓯而人不怨者，以至清無情；況於天地刑法，豈宜恩貸奸慝！然愼一胥吏⓰耳，素無文字，雖知不可，終語無條貫⓱。當州府秀才張審通，辭采雋拔，足得備君書記。」

府君令帖⓲召之。俄頃至。

審通曰：「此易耳，當為判，以狀申。⓳」

府君曰：「尹善為我辭⓴。」即補左曹錄事，仍賜衣服如董愼。各給一玄狐，每出即乘之。

審通判曰：「天本無私，法宜畫一，苟從恩貸，是資奸行。令狐寔前命減刑，已同私請；程翥後申簿訴，且異罪疑。倘開遞減之科，實失公家之論。請依前付無間獄，仍錄狀申天曹。」

即有黃衫人持狀而往。少頃，復持天符至，曰：「所申文狀，多起異端。奉主之宜，但合遵守。周禮八議，一曰議親，又元化匱中釋沖符，亦曰無不親；是則典章昭然，有何不可。豈可使太元功德，不能庇三等之親！仍敢逖違，須有懲罰。府君可罰不衣紫六十甲子，餘依前處分。」

府君大怒審通曰：「君為判詞，使我受譴。」即命左右，取方寸肉塞卻一耳，遂無所聞。

審通訴曰：「乞更為判申。不允，即甘當受罰。」

府君曰：「君為我去罪，即更與君一耳。」

審通又判曰：「天大地大，本乃無親，若使有親，何由得一？苟欲因情變法，實將生偽喪真。太古以前，人猶至朴，中古以降，方聞各親。豈可使太古育物之心，生仲尼觀蜡之歎？無不親，是非公也，何必引之？請寬逆耳之辜，敢薦沃心之藥。庶其閱實，用得平均。令狐寔等，並請依正法。仍錄狀申天曹。」

黃衣人又持注。須臾，又有天符來曰：「再省所申，甚為允當。府君可加六天副正使；令狐寔程翥等，並正法處置。」

府君即謂審通曰：「非君不可正此獄。」因命左右割下耳中肉，令一小兒擘之為耳，安於審通額上，曰：「塞君一耳，與君三耳，何如？」又謂慎曰：「鄰賴君薦賢，以成我美。然不可久留君，當加壽一週年相報耳。君兼本壽，得二十一年矣。」即送歸家。

使者復以泥封目，布囊各送至宅，欻然寫出，而顧問妻子，妻子曰：「君亡精魂已十餘日矣。」

慎自此，果二十一年而卒。

審通，數日額覺癢，遂湧出一耳，通前三耳，而踊出者尤聰。

時人笑曰：「天有九頭鳥，地有三耳秀才。」亦呼為雞冠秀才。

慎初思府君稱「鄰」，後乃知「倨」乃「鄰」字也。

說明

一、本文據《太平廣記》卷二百九十六與商務《舊小說》第四冊《玄怪錄》校錄，予以分段，並加註標點符號。

二、此文有敘述，有文（牒），有議論，很可能是牛氏投卷之作。按《新唐書》卷一百七十四〈牛僧孺傳〉載：（牛僧孺）穆宗初，以庫部郎中知制誥，徒御史中丞，按治不法，內外澄肅。宿州刺使李直臣坐賕當死，賂宦官為助，具獄上。帝曰：「直臣有才，朕欲貸而用之。」僧孺曰：「彼不才者，持祿取容乎？天子制法，所以束縛有才者。祿山、朱泚以才過人，故亂天下。」帝異其言，乃止。

王夢鷗先生認為此文與牛氏本傳中所載故事不無關係。

註釋

❶隋大業元年——大業，隋煬帝年號。共十四年。元年為西元六〇五年。

❷兗州佐史——兗，音演。兗州，今山東河北一帶。佐史：佐治之小吏。

❸授衣——唐國學五月有田假。九月有授衣假。《詩・豳風》七月：「九月授衣。」

❹太山君呼君為錄事——呼：舉，舉君為錄事。錄事、書記之類。

❺牒——舊時公文書的一種。

❻董慎名稱茂實六句——董慎有好的名聲，對於公文非常經熟老練。要裁斷刑事案件，必須有天生的好本領。派知右曹錄事之職。

❼內慎其中——內：納。把董慎放入袋中。

❽出兗州郭——郭：城郭。將董慎負出城。

❾便令寫出——寫出：輸出、卸下。

❿賜青縑衫，魚須笏，豹皮靴——縑、把兩根絲絞在一起織成。魚須：鮫魚之皮。《禮、王藻》：「笏、大夫以魚須文竹。謂以鮫魚須飾竹以成文。」（以鮫魚須飾文竹之邊。）須音班。

⓫藉君公正，故有是請——憑你的公正，我們才請你來。

⓬無間獄——即阿鼻地獄。凡犯五逆罪者，即墮此獄。所謂無間，一、趣果無間。身死直接墮此獄，中無間隔。二、受苦沒有間斷。三、時無間。一劫之間，相續而無間斷。四、命無

間。一劫之間，壽命無間斷。五、身形無間。地獄縱橫八萬四千由旬，身形填滿其中無間隙。（五逆：害父、害母、害阿羅漢、破僧、出佛身血。）

⑬天曹符——分職治事的官署曰曹。天曹：天帝的一個官署。符：有若令。

⑭罰疑唯輕——有疑問時，採用較輕的刑罰。（此語與「賞疑唯重」相對。論功引賞，若有疑問，給予較高的賞。）

⑮姸媸——姸：美。媸：醜。

⑯胥吏——官署中管案牘的小官。

⑰語無條貫——說話沒有條理，前後不能一貫。

⑱帖召——唐時，宰相有堂帖，召喚官員。此處府君以帖召喚張審通。

⑲當為判，以狀申——判、狀，都是公文的格式。唐時，禮部試之後，取得任用資格。還要再經過吏部試，才能授官。吏部試包括：躰（身體有無殘缺）、言（口試、測試應對能力、書（書法）可觀、判（對一案之批示）要用駢文，必須用典貼切，遣詞端暢。

⑳善為我辭——好好的為我措詞擬稿。

七、南纘

唐廣漢守南纘❶。常為人言❷至德中❸有調選❹得同州督郵❺者。姓崔。忘其名字。輕騎赴任。出春明門❻，見一青袍人乘馬出。亦不知其姓字。因相揖偕行。途問何官。

青袍云：「新受同州督郵。」崔云：「某新授此官，君豈不誤乎？」

青袍笑而不答。又相與行，悉云赴任。去同州數十里。至斜路中，有官吏拜迎。

青袍謂崔生曰：「君為陽道錄事，我為陰道錄事。路從此別，豈不相送耶？」

崔生異之，即與連轡入斜路。遂至一城郭，街衢局署，亦甚壯麗。青袍至廳，與崔生同坐。伍伯通胥徒僧道等訖，次通詞訟獄囚❼，崔生大驚，謂青袍曰：「不知吾妻何得至此？」

青袍即避案後，令崔生自與妻言。

妻云：「被追至此，已是數日，君宜哀請錄事耳❽。」

崔生即祈求青袍，青袍因令吏促放崔生妻迴。

崔問妻犯何罪至此。

青袍曰：「寄家同州，應同州亡人皆在此廳勘過，蓋君管陽道，某管陰道。」

崔生淹流半日即請回。青衣命胥吏拜送。曰：「雖陰陽有殊，然俱是同州也，可不拜送督郵哉？」青袍亦餞送再三，勤款揮袂❾，又令斜路口而去。

崔生至同州，問妻，云：病七八日，冥然無所知，神識生人，纔得一日。崔生計之，恰放回日也。妻都不記陰道。見崔生言之，妻始悟如夢。亦不審記憶也。

說明

一、《太平廣記》卷三百三載此文。下註「出《玄怪錄》。」商務《舊小說》卷四《玄怪錄》亦載此文。本文據上二書校錄，予以分段，並加註標點符號。

二、此等陰官陽官的故事，在後來的鬼怪小說中最常見。如《聊齋誌異》、《閱微草堂筆記》，都有更為精彩的故事。小時，大人曾述說一位親戚的故事：事甚詭奇，謹書之於後。

甲先生受任成都府，坐江船赴成都，夜泊某碼頭，另有一艘江船，也打著新任成都府的旌旗，來停泊。甲先生覺得奇怪，如何有兩個「新任成都府」？他要隨從拿了拜帖到鄰船求見。對方也欣然接見。寒暄之後，甲先生問：「如何兩個新任成都府，是否有錯？」對方，姑稱之為乙先生，說：「你是陽官，我是陰官，並無差錯。」兩人相談甚歡。並約定，到成都後，乙先生可在城隍廟接見。並約定接見之法。抵任數日之後，甲知府往見乙知府。正寒暄之時，卒役報道已將要犯馬某帶到。甲知府避入屏後。犯人竟是甲知府的座師，當朝一品大員。審問不幾分鐘，乙知府即命暫押入大牢。之後甲知府向乙知府求情。乙知府說：「此人罪大莫及，已判定七日後將託生一製豆腐人家，生而聾啞，三歲盲目，將痛苦一生！」甲知府再問「託生誰家？」告以：「知府衙門東大街第十七家。」甲知府居然把這個一出生便聾啞的女嬰買了過去，找奶媽帶。誰知三天之後，嬰兒竟無故瞎了眼，第五天便死了。甲知府再去找乙知府，乙知府拒見。手下人說：「爺已因洩漏天機受到處分。女嬰死後，將投胎為畜生。」

甲知府回到府衙，居然想到要為女嬰出殯，用一品大員禮安裝，所轄州縣長官一律按禮戴孝送葬。經告到京城，甲知府免了官，回家致仕！

註釋

❶唐廣漢守南纘——「唐」字是《太平廣記》編者後加上去的。廣漢，在今四川成都縣東北。守：郡守。

❷常為人言——常：嘗。曾經對人說赽過。

❸至德——肅宗年號，共二年。

❹調選——唐時，一官任滿後調差選任另一官職。

❺同州督郵——《新唐書・地理志》：「同州馮翊郡……」天寶三載，以州為郡。轄縣（馮翊、朝邑、韓城、夏陽、白水、澄城、奉先、郃陽。）督郵：郡之佐吏，掌監屬縣。

❻春明——春明門，長安城城門之一。《唐六典》：「京城東面三門，中曰春明。」宋代宋敏求有《春明退朝錄》三卷，記宋代掌故。他便住在春明門坿近。

❼伍伯通胥徒僧道訖。次通詞訟獄囚——伍伯：衙役。通：報。胥徒：給使役者。訟：民事案件。獄：刑事案件。

❽錄事——郡官。

❾勤款揮袂——殷勤款款的揮手道別。

八、顧揔

梁天監元年❶，武昌小吏顧揔。性昏戇不任事。數為縣令鞭朴。嘗鬱鬱懷憤，因逃墟墓之間。彷徨惆悵，不知所適。忽有二黃衣顧見揔曰：「劉君頗憶疇日周旋耶？❷」揔曰：「敝宗乃顧氏，先未曾面清顏，何有周旋之問？」二人曰：「僕王粲、徐幹❸也。足下前生是劉楨，為坤明侍中，以納賂金謫為小吏❹，公當自知矣。然公言辭歷歷，猶見記室音旨。」因出袖中軸書❺示之。曰：「此君集也，當諦視之❻。」

揔試省覽，乃了然明悟，便覺文思坌涌❼。其集人多有本，唯卒後數篇。記得詩一章，題云：「從駕遊幽麗宮。卻憶平生西園文會。因寄地文府正郎蔡伯喈。」詩曰：

在漢繩綱渚，溟瀆多騰湍。煌煌魏英祖，拯溺靜波瀾。天紀已垂定，邦人亦保完。大開相公府，掇拾盡幽蘭。始從眾君子，日侍賢王歡。文皇在春宮，烝孝踰問安。監撫多餘暇，園圃恣遊觀。末臣戴簪筆，翊聖從和鑾。月出行殿涼，珍木清露團。天文信輝麗，鏗鏘振琅玕。被命仰為和，顧已試所難。弱質不自持，危脆朽萎殘。豈意十餘年，陵寢梧楸寒。今來坤明國，再顧簪蟬冠。侍遊於離宮，足躡浮雲端。卻想西園時，生死暫悲酸。君昔漢公卿，未央冠群賢。倘若念平生，覽此同愴然。

其餘七篇，傳者失本。王粲謂揔曰：「吾本短小，無何娶樂進女❽，女似其父，短小尤甚。自別君後，改娶劉荊州女❾。尋生一子，荊州與字翁奴，今年十八，長七尺三寸。所恨未得參丈人也。當渠年十一，與予同覽鏡。予謂之曰：「汝首魁梧於予。」渠立應予曰：「防風骨節專車，不如白起頭小而銳❿。」予又謂曰：「汝長大當為將。」又應予曰：「仲尼三尺童子，羞言霸道。況承大人嚴訓，敢措意於斫刺⓫乎？」予知其了了過人矣。不知足下生來有郎娘否⓬？」

良久沉思，稍如相識。因曰：「二君既是揔友人。何計可脫小吏之厄？」

涂幹曰：「君但執前集訴於縣宰。則脫矣。」

揔又問：「坤明是何國？」

幹曰：「魏武開國鄴地也⓭。公昔其國侍中，遽忘耶？公在坤明，家累悉無恙。賢小嬌羞娘有一篇奉憶，昨者已誦似丈人矣。詩曰：「

憶爺爺。拋女不歸家，不作侍中為小吏。就他辛苦棄榮華，願爺相念早相見。與兒買李市甘瓜。」

誦訖，揔不覺涕泗交下❹，因為一章寄嬌羞娘。云：

憶兒貌。念兒心。望兒不見淚沾襟。時移世異難相見。棄謝此生當重尋。

既而王粲徐幹與揔慇懃敘別，乃遺劉楨集五卷。揔見縣令，具陳其事。令見楨集後詩。驚曰：「不可使劉公幹為小吏。」即解遣，以賓禮待之。後不知揔所在。集亦尋失。時人聞子弟皆曰：「死劉楨，猶庇得生顧揔，可不修進哉？」

校志

一、本文據《太平廣記》卷三百二十七、商務《舊小說》卷四《玄怪錄》校錄，予以分段，並加註標點符號。

二、傳奇多記唐代故事。此文記南北朝時梁武帝時故事頗屬少見。

註釋

❶梁天監元年——蕭衍受齊禪，改國號曰梁，改紀元曰天監。天監元年（西元五〇二年）四月丙寅，繼皇帝位於南郊。

❷疇昔周旋——昔日郊遊。

❸王粲、徐幹、劉楨——王粲字仲宣，魏侍中。他博學多識，善屬文，精於算術，死時才四十一歲。他和北海徐幹、東平劉楨、廣陵陳琳、陳留阮禹、汝南應瑒等七人，號為建安七子。

❹以納賂金謫為小吏——以收容賄賂貶謫為小吏。

❺軸書——書卷謂之軸。古時無紙，字書於竹簡上，以繩串成卷軸。

❻當諦視之——好好看看吧。諦視、審視。

❼文思坌涌——坌涌：猶言並起。涌：水向上冒出。

❽樂進——三國時陽西魏國人，容貌短小，卻是一位猛將。從曹操征伐，屢立功勳，先封廣昌亭侯增邑千二百戶。卒，謚曰威侯。按：王粲本人，短小醜陋，他曾投靠劉表，劉表見他外表不佳，不予重視。

❾劉荊州——劉表名。

❿防風骨節專車，不如白起頭小而銳——這是隱語。防風是中藥。白起是戰國時代名將。

⓫仲尼三尺童子四句——孔子不言兵。所以，王粲的兒子對王粲說：「受到父親的教導，所以不能留意於斫斫殺殺的兵事。違背夫子的教言。」

⓬有郎娘否——有兒女沒有？

⓭魏武——指曹操。曹丕篡漢，建立魏國，尊其父曹操曰武帝。

⓮涕泗交下——眼淚鼻涕一起掉下來。涕：鼻涕、鼻水。泗：也是鼻液。（這句成語似有點語病：只是鼻涕下流，並沒說到眼淚！其實不然。眼睛和鼻有管相通，解剖上叫鼻淚管。哭泣時，眼淚便有一部分經鼻淚管流到鼻中，和「涕」一起流下。）

九、劉諷

文明❶年，竟陵掾❷劉諷。夜投夷陵❸空館。月明不寢。忽有一女郎西軒至。儀質溫麗。緩歌閒步。徐徐至中軒。回命青衣曰：「紫綏，取西堂花茵來。兼屈劉家六姨姨、十四舅母、南鄰翹翹小娘子。將溢奴來。」傳語道：「此間好風月，足得遊樂。彈琴詠詩。大是好事。雖有竟陵判司❹，此人已睡，明月下不足迴避也。」

未幾而三女郎至。一孩兒。色皆絕國。紫綏鋪花茵於庭中。揖讓班坐❺。坐中設犀角酒樽。象牙杓。綠罽花觶。白琉璃盞❻。醪醴馨香。遠聞空際❼。女郎談謔歌詠。音詞清婉。一女郎為錄。

一女郎為明府。舉觴酹酒曰：「帷願三姨婆壽等祁山❽，六姨姨與三姨婆等。劉姨夫得太山府糺成判官❾。翹翹小娘子嫁得朱餘國太子❿。溢奴便作朱餘國宰相。某三、四女伴總嫁得地府司文舍人。不然。嫁得平等王郎君六郎子七郎子。則平生素望足矣。」

一時皆笑。曰：「須與蔡家娘子賞口。⑪」

翹翹時為錄事。獨下一籌。罰蔡家娘子。曰：「劉姨夫才貌溫茂。何故不與他五道主使⑫。空稱糺成判官？怕六姨姨不歡。請吃一盞。」

蔡家娘子即持盃曰：「誠知被罰直。緣姨夫大年老昏暗。恐看五道黃紙文書不得。誤大神伯公事。飲亦何傷。」於是衆女郎皆笑倒。

又一女郎起傳口令。仍抽一翠簪。急說傳翠簪，翠簪過令。不通即罰。令曰：「鸞老頭腦好，好頭腦鸞老。」傳說數巡。因令翠綏下坐。使說令。翠綏素吃訥⑬。令至。但稱「鸞老鸞老」。女郎皆大笑。曰：「昔賀若弼⑭弄長孫鸞侍郎。以其年老口吃又無髮。故造此令。」

三更後。皆彈琴擊筑⑮。更唱迭和。歌曰：「明月清風。良宵會同。星河易翻，歡娛不終。綠樽翠杓。為君斟酌。今夕不飲。何時歡樂？」

又歌曰：「楊柳楊柳。裊裊隨風急。西樓美人春夢長。繡簾斜捲千條入。」

又歌曰：「玉盌金缸。願陪君王。邯鄲宮中。金石絲簧。衛女秦娥。左右成行。紈縞繽紛。翠眉紅粧。王歡顧眄。為王歌舞。願得君歡。常無災苦。」

歌竟。已是四更。即有一黃衫人，頭有角。儀貌甚偉。走入拜曰：「婆提王⑯命娘子速來。」女郎等皆起而受命。即傳語曰：「不知王見召，適相與望月至此。敢不奔赴。」因命青衣收拾盤筵。

諷因大聲謦咳。視庭中無復一物。明旦。拾得翠釵數隻。將以示人，不知是何物也。

說明

一、《太平廣記》卷三百三十、商務《舊小說》卷四《玄怪錄》均載此文。我們據此二書校錄，予以分段，並加註標點符號。

二、本篇中〈玉盌金缸〉四言詩，明胡應麟極為欣賞。他在《少室山房筆叢》卷三十七中說：

右劉諷所遇鬼仙詩，見《玄怪錄》。此篇自曹氏後，即六朝諸名士集中罕睹，絕非牛奇章輩所辦。第不知何代何人作也。

胡氏不喜牛黨頭子牛僧孺，看不起他，認為他作不出如此好詩來。僧孺在唐時甚有文名。以他宰相之尊，大概不致於抄襲別人之作吧！胡氏又改楊柳楊柳為三句詩：「楊柳嫋嫋隨風急，西樓美人春夢中，翠簾斜捲千條入。」

認為「意味無窮，絕可諷咏。」見同書卷三十七〈二面綴遺〉下。

韋瓘作〈周秦行紀〉以誣牛氏，他作文的手法，可能便是模仿此篇而來。

註釋

❶文明年——高宗宏道一年崩，則天稱帝，文明為她稱帝後的第一個年號。

❷竟陵掾——竟陵：今湖北鍾祥縣。唐時曾稱郢州。掾：郡縣的屬官。

❸夷陵——今湖北省宜昌縣東之地。

❹判司——司批判文牘之官。

❺紫綏鋪花茵於庭中，揖讓班坐——紫綏把飾有花的蓆子鋪在庭中，眾人依次坐下。

❻犀角酒樽。象牙杓，綠罽花觶，白琉璃盞——犀牛角作的酒杯，象牙杓子。罽：音ㄐㄧˋ，毛織物。觶：音支，酒器。盛言所用器皿之高貴。

❼醪醴馨香，遠聞空際——空中充滿了美酒的香味。

❽祁山——有三：一在甘肅省西和縣西北；一在湖南祁陽縣北；一在安徽祁門縣東。「壽等祁山」，和「壽比南山」的意思差不多。

❾糺成判官——唐代節度使、觀察使的僚屬。糺；監察。

❿朱餘國——漢元帝建昭二年，高句麗始祖朱蒙建國。朱蒙、扶餘俗言「善射」的意思。「朱餘」，疑為「扶餘」。

⓫賞口——賞賜蔡家娘子的口彩。

⓬五道主使——大約是陰界官名。

⓭吃訥——吃：口吃。訥：木訥。

⓮賀若弼——隋朝大將，與韓擒滅陳，擒陳後主叔寶。他說：「楊素是猛將，非謀將。韓擒是鬥將，非領將。史萬歲是騎將，非大將。」自命為大將。每以宰相自許。終因怨望、妄議，坐誅。妻子為官奴婢。群從徙邊。

⓯筑——古之樂器。《史記‧高祖紀》「酒酣，高祖擊筑。」筑：狀似瑟而大頭，安弦，以竹擊之。有五弦、十三弦、二十一弦三說。

⓰婆提王——釋迦牟尼同時入婆提，富可敵國。後與五百人一起出家修成正果。

十、崔尚

開元❶時，有崔尚者，著無鬼論。詞甚有理。既成，將進之。忽有道士詣門❷，求見其論。（道士）讀竟，謂尚曰：「詞理甚工。然天地之間，若云無鬼，此謬矣。」尚謂「何以言之？」道士曰：「我則鬼也，豈可言無？君若進本，當為諸鬼神所殺。不如焚之。」因爾不見。竟失其本。

校志

本文據《太平廣記》卷三百三十校錄，予以分段，並加註標點符號。

註釋

❶開元——唐玄宗年號，共二十九年，自西元七一三至七四一年。

❷詣門——到門前。

十一、鄭望

乾元❶中，有鄭望者，自都入京，夜投野狐泉店宿。未至五六里而昏黑。忽於道側見人家。試問門者，云是王將軍宅。將軍與其亡父有舊。望甚喜，乃通名參承❷。

將軍出，與望相見。敘悲泣。人事備之，因爾留宿，為設饌飲❸。

中夜酒酣，令呼蘽蔡三娘❹唱歌送酒。

少間，三娘至，容色甚麗，尤工唱阿鵲監❺。

及曉別去，將軍夫人傳語，令買錦袴及頭髻花紅朱粉等❻。

後數月，望東歸。經過，送所求物。將軍相見歡洽，留宿如初。

望問：「何以不見蘽蔡三娘？」

將軍云：「已隨其父還京。」

望明日辭去。出門不復見宅，但餘丘隴。

望憮然卻殭❼。至野狐泉，問居人。曰：「是王將軍塚。塚邊，伶人居店，其妻暴疾亡。以葦席裹屍，葬將軍墳側。故呼曰蘧蒢三娘云。旬日前，伶官亦移其（妻）屍，歸葬長安訖。」

校志

一、本文據《太平廣記》卷三百三十六校錄。予以分段，並加註標點符號。

二、括弧中字為編者添上，以使文氣順暢。

註釋

❶乾元——唐肅宗年號，共二年，自西元七五八至七五九年。

❷參承——參見承歡之意。

❸設饌飲——供設食物與飲料。

❹蘧蒢三娘——蘧蒢：蘧蒢口柔，口柔之人，覲人顏色而為辭佞者也。一作「籧蒢」。

❺阿鵲監——曲牌名。

❻錦袴及頭髻花紅朱粉等——錦袴而外，其餘均是化妝品。

❼憮然卻殭——憮然：茫然失魂落魄的樣子。殭住不動，因為驚訝過度。

十二、元載

大曆九年❶春，中書侍郎平章事元載❷，早入朝，有獻文章者，令左右收之。此人若欲載讀。

載云：「候至中書，當為讀。」

人言：「若不能讀，請自誦一首。」誦畢不見，方知非人耳。

詩曰：

城東城西舊居處，城裡飛花亂如絮。海燕啣泥欲下來，屋裡無人卻飛去。

載後竟破家，妻子被殺云。

校志

本文據《太平廣記》卷三百三十七校錄，予以分段，並加註標點符號。

註釋

❶大曆——唐代宗年號，共十四年，自西元七六四至七七九年。

❷中書侍郎平章事元載——元載字公輔，鳳翔鼓山人，唐肅宗時，得大閹李輔國之助，以中書侍郎，拜同中書門下平章事（相職）。代宗時，他縱諸子關通貨賄，廣購屋宇，畜名姝異枝，雖禁中不建。大曆十二年三月庚辰，帝遣金吾大將軍收載，分捕親吏、諸子下獄。不久即賜自盡，妻與諸子並賜死，發祖、父塚，斲棺棄屍。兩唐書均有傳。

十三、魏朋

建州❶刺史魏朋，辭滿後，客居南昌❷。素無詩思，後遇病，迷惑失心。（一日）忽索筆抄詩言：

孤墳臨清江，每睹白日晚。松影搖長風，蟾光落巖甸。故鄉千里餘，親戚罕相見。望望空雲山，哀哀淚如霰。恨為泉臺客，復此異鄉縣。願言敦疇昔，勿以棄庛賤。

詩意如其亡妻以贈朋者。後十餘日，朋卒。

校志

一、本文據《太平廣記》卷三百四十一校錄，予以分段，並加註標點符號。

註釋

❶建州——約當今福建省的建歐縣。

❷辭滿後，客居南昌——任滿辭職，定居江西南昌。

十四、齊推女

元和中，饒州刺史齊推女，適隴西李某❶。李舉進士，妻方娠❷，留至州宅。至臨月❸，遷至後東閣中。其夕，女夢丈夫，衣冠甚偉，瞋目按劍❹，叱之曰：「此屋豈是汝腥穢之所乎❺？亟移去。不然，且及禍。」

明日，告推。推素剛烈。曰：「吾忝土地主，是何妖孽能侵耶❻？」

數日，女誕育，忽見所夢者，即其床帳亂毆之。有頃，耳目鼻皆流血而卒。父母傷痛女冤橫，追悔不及。遣遽告其夫。俟至，而歸葬於李族。遂於郡之西北十數里官道權瘞❼之。

李生在京師，下第，將歸。聞喪而往。比至饒州，妻卒已半年矣。李亦粗知其死，不得其終，悼恨既深，思為冥雪。至近郭日晚，忽於曠野見一女，形狀服飾，似非村婦。李即心動。駐馬諦視之，乃映草樹而沒。李下馬就之，至，則真其妻也。相見悲泣。

妻曰：「且無涕泣，幸可復生。俟君之來，亦已久矣。大人剛正，不信鬼神，身是婦女，不能自訴。今日相見，事機較遲。」

李曰：「為之奈何？」

女曰：「從此直西五里鄱亭村，有一老人，姓田，方教授村兒，此九華洞中仙官也，人莫之知。君能至心注求，或冀諧遂。❽」

李乃逕訪田先生見之。乃膝行而前，再拜稱曰：「下界凡賤，敢謁大仙。」

時老人方與村童授經，見李驚避曰：「衰朽窮骨，旦暮溘然❾，郎君安有此說。」

李再拜，叩頭不已。老人益難之。自日宴至於夜分，終不敢就坐，拱立於前。老人俛首❿良久，曰：「足下誠懇如是，吾亦何所隱焉。」李生即頓首流涕，具云妻枉狀。

老人曰：「吾知之久矣，但不蚤申訴，今屋宅已敗⓫，理之不及。吾向拒公，蓋未有計耳。然試為足下作一處置。」

乃起，從北出，可行百餘步，止於桑林。長嘯，倏忽見一大府署，殿宇環合，儀衛森然，擬於王者。田先生衣紫披，據案而坐，左右解官⓬等列侍。俄傳教⓭地界。須臾，十數部各擁百餘騎，前後奔馳而至。其帥皆長丈餘，眉目魁岸，羅列於門屏之外。整衣冠，意緒蒼惶，相問，「今有何事」？

須臾，謁者通地界廬山神，江瀆神，彭蠡神等皆趣入。⓮

田先生問曰：「比者⑮此州刺史女，因產為暴鬼所殺，事甚冤濫，爾等知否？」

皆俯伏應曰：「然。」

又問：「何故不為申理？」

又皆對曰：「獄訟須有其主。此不見人訴，無以發摘。」

有問：「知賊姓名否？」

有一人對曰：「是西漢鄱縣王吳芮。今刺史宅，是芮昔時所居。至今猶恃雄豪，侵占土地，往往肆其暴虐，人無奈何。」

田先生曰：「即追來！」

俄頃，縛吳芮至。先生詰之，不伏。乃命追阿齊。良久，見李妻與吳芮庭辯。食頃，吳芮理屈。乃曰：「當是產後虛弱，見某驚佈自絕，非故殺。」

田先生曰：「殺人以梃與刃，有以異乎？」遂令執送天曹。回謂速檢李氏壽命幾何。頃之，吏云：「本算更合壽三十二年，生四男，三女。」

先生謂群官曰：「李氏壽算長，若不再生，議無厭伏。公等所見何如？」

有一老吏前啓曰：「東晉鄴下有一人橫死，正與此事相當。前使葛真君斷以具魂作本身，卻歸生路，飲食，言語，嗜欲，追遊，一切無異。但至壽終，不見形質耳。」

田先生曰：「何謂具魂？」

吏曰：「生人三魂七魄，死則散離，本無所依。今收合為一體，以續絃膠塗之。大王當衙發遣放回，則與本身同矣。」

田先生善。即顧李妻曰：「作此處置可乎？」

李妻曰：「幸甚。」

俄見一吏別領七八女人來，與李妻一類。即推而合之。有一人，持一器藥，狀似稀餳，即於李妻身塗之。李氏妻如空中墜地，初甚迷悶。

天明，盡失夜來所見，唯田先生及李氏夫妻三人，共在桑林中。

田先生謂李生曰：「相為極力，且喜事成，便可領歸，見其親族。但言再生，慎無他說，吾亦從此逝矣。」

李遂同歸至州，一家驚疑，不為之信。久之，乃知實生人也。自爾生子數人，其親表之中頗有知者。云：「他無所異，但舉止輕便，異於常人耳。」

校志

一、本文據《太平廣記》卷三百五十八及世界汪國垣編《唐人傳奇小說》下卷《玄怪錄》校錄，予以分段，並加註標點符號。

二、《太平廣記》卷四十四引《仙傳拾遺・田先生》一文，與此文相似，茲錄於文後，供讀者參閱。

註釋

❶元和、饒州、隴西——元和：唐憲宗年號，共十五年，西元八〇六至八二〇年。饒州：江西省之一州。唐士族有關東郡姓：崔、盧、李、鄭、王。李氏又有隴西李和趙郡李、唐士人如官職不高，常自稱「隴西李某」、「太原王某」而不銜。

❷方娠——正懷了孕。娠：婦人懷胎、妊娠。

❸臨月——臨盆之月。即生產之月。

❹瞋目按劍——瞋目：怒目而視。

❺腥穢之所——生孩子，不免有血、水等不潔物。

❻吾忝土地主，是何妖孽能侵耶——我身為土地之主，什麼妖怪能侵犯！

❼瘞——埋葬。

❽或冀諧遂——冀：希望。諧：事情成功。遂：遂心、順遂。

❾溘然——溘：忽然死去。

❿俛首——俯首、低頭。

⓫屋宅已敗——指「屍體已腐」。

⓬解官——差解官吏。

⓭嘑——呼。

⓭趣入——快步進來。

⓯比者——近來。

田先生

田先生者。九華洞中大仙也。元和中。隱於饒州鄱亭村。作小學以教村童十數人。人不知其神仙矣。饒州牧齊推。嫁女與進士李生。數月而孕。李生赴舉長安。其孕婦將產於州之後堂。夢鬼神責其腥穢。斥逐之。推常不信鬼神。不敢言。未暇移居。既產為鬼所惡害。耳鼻流血而卒。殯於官道側。以俟罷郡。遷之北歸。明年。李生下第歸饒。日晚。於野中見其妻。訴以鬼神所害之事。乃曰。可詣鄱亭村學中。告田先生。求其神力。或可再生耳。李如其言。詣村學見先生。膝行而前。首體投地。哀告其事。願大仙哀而救之。先生初亦堅拒。李叩告不已。涕泗滂沱。自早及夜。終不就坐。學徒既散。先生曰。誠懇如此。吾亦何所隱耶。但不早相告。屋舍已壞矣。誠為作一處置。即從舍出百餘步桑林中。夜已昏瞑。忽光明如晝。化為大府崇門。儀衛森列。先生寶冠紫帔。據案而坐。擬於王者。乃傳聲呼地界。俄有十餘隊。各擁百餘騎。奔走而至。皆長丈餘。謁者呼名通入曰。廬山江濱彭蠡等神到。先生曰。刺史女因產為暴鬼所殺事。聞之何不申理。對曰。獄訟無主。未果發擿。今賊是鄱陽王吳芮。刺史宅是其所居。怒其生產腥穢。遂肆兇暴。尋又擒吳芮。牒天曹而誅戮之。勘云。李氏妻算命尚有三十二年。合生二男三女。先生曰。屋舍已壞如何。有一老吏曰。昔東晉鄴下。有一人誤死。屋宅已壞。又合還生。與此事同。其時葛仙君斷令具魂為身。與本無異。但壽盡之日無形爾。先生許之。即只追李妻魂魄。合為一體。以神膠塗之。大王發遣卻生。即便生矣。見有七八女人。與李妻相似。吏引而至。推而合之。有藥如稀餳。以塗其身。頃刻官吏皆散。李生及妻田先生在桑林間。李生夫妻懇謝之。先生曰。但云自得再生。勿多言也。遂失先生所在。李與妻還家。其後年壽所生男女。皆如所言。（出《仙傳拾遺》）

十五、居延部落主

周靜帝初❶，居延部落主勃都骨低❷，淩暴。奢逸好樂。居處甚盛。忽有人數十至門，一人先投刺❸，曰：「省名部落主成多受。」因趨入。

骨低曰：「何故省名部落？❹」

多受曰：「某等數人各殊，名字皆不別造。有姓馬者，姓皮者，姓鹿者姓熊者，姓麞者，姓衛者，姓班者，然皆名『受』。唯某帥名多受耳。❺」

骨低曰：「君等悉似伶官，有何所解？」

多受曰：「曉弄椀珠❻。性不愛俗，言皆經義。」

骨低大喜曰：「目所未睹。」

有一優即前曰：「某等肚饑，臈臈怡怡，皮漫繞身三匝。主人食若不充，開口終當不捨❼。」

骨低悅，更命加食。

一人曰：「某請弄大小相成，終始相生。」於是長人吞短人，肥人吞瘦人，相吞殘兩人❽。

長者又曰：「請作終始相生耳。」於是吐下一人，吐者又吐一人。遞相吐出，人數復足。

骨低甚驚。因重賜賚遣之❾。

明日又至，戲弄如初。連翩❿半月，骨低頗煩，不能設食。

諸伶皆怒曰：「主人當以某等為幻術，請借郎君娘子試之。」於是持骨低兒女弟妹甥姪妻妾等，吞之於腹中。腹中皆啼呼請命，骨低惶怖，降階頓首，哀乞親屬。伶者皆笑曰：「此無傷，不足憂。」即吐出之，親屬完全如初。

骨低深怒，欲用釁⓫殺之。因令密訪之。見至一古宅基而滅。骨低令掘之。深數尺，於瓦礫下得一大木檻⓬。中有皮袋數千。檻旁有穀麥，觸即為灰。檻中得竹簡書，文字磨滅不可識。唯隱隱似有三數字，若是陵字。

骨低知是諸袋為怪，欲舉出焚之。

諸袋因號呼檻中曰：「某等無命，尋令化滅。緣李都尉留水銀在此⓭，故得且存。某等即都尉李少卿搬糧袋。屋崩平壓，綿歷歲月⓮，今已有命，見為居延山神收作伶人。伏乞存情於神，不相殘廢。自此不敢復擾高居矣。」

骨低利其水銀，盡焚諸袋。無不為冤楚聲。血流漂洒。

焚訖，骨低房廊戶牖悉為冤痛之聲，如焚袋時。月餘日不止。

其年，骨低舉家病死。周歲，無復子遺⓯。水銀後亦失所在。

校志

一、本文據《太平廣記》卷三百六十八校錄，予以分段，並加註標點符號。

註釋

❶周靜帝初——南北朝時，北周的靜帝，名宇文闡。他的年號：大眾二年。大定一年。

❷居延部落主勃都骨低——居延：甘肅省酒泉縣附近，居延海之南。

❸投刺——刺：名帖。投名片請見。

❹何故省名部落——為什麼部落要省名？

❺多受——同仁們，姓不同，俱名受。只有部落主叫多受。

❻弄椀珠——以長竿豎立其上轉椀之戲。猶今之舞盤。

❼臈臈怡怡——臈、臘字。某等肚饑這一段，似有脫字，意義難明！

❽相吞殘兩人——互相吞食的結果，只（殘）留下兩人。

❾因重賜賚遣之——賚：音來，賞賜也。贈與很豐富把他們給打發（遣）走了。

❾連翩半月——連翩：不絕之義。連續半個月。

⓫欲用釁殺之——釁：音ㄒㄧㄣ（信），殺牲以血祭神。

⓬木檻——本是關野獸的大木籠。檻：音見。（又音砍，門下橫木，地門。）

⓭李都尉留水銀在此——李陵，漢時拜騎都尉。陵、字少卿。

⓮綿歷歲月——久經歲月。

⓯無復子遺——死絕了。子遺，猶言「獨存」。

十六、岑順

汝南❶岑順，字孝伯，少好學有文，老大尤精武略❷。旅於陝州❸，貧無第宅。其外族❹呂氏有山宅，將廢之。順請居焉。人有勸者，順曰：「天命有常，何所懼耳。」卒居之。

後歲餘，順常獨坐書閣下，雖家人莫得入，夜中聞鼓鼙之聲❺，不知所來。及出戶，則無聞，而獨喜自負之，以為石勒❻之祥也。祝之曰：「此必陰兵助我，若然，當示我以富貴期。」

數夕後，夢一人被甲冑❼前報曰：「金象將軍使我語岑君，軍城夜警，有喧諍者，蒙君見嘉，敢不敬命。君甚有厚祿，幸自愛也。既負壯志，能猥顧小國乎❽？今敵國犯壘，側席委賢，欽味芳聲，願執旌鉞❾。」

順謝曰：「將軍天質英明，師貞以律，猥煩德音，屈顧疵賤。然犬馬之志，惟欲用之❿。」使者復命。順忽然而寤，恍若自失。坐而思夢之徵。

俄然鼓角四起，聲愈振厲。順整巾下床，再拜祝之，須臾，戶牖風生，帷簾飛揚，燈下忽有數百鐵騎飛馳左右，悉高數寸，而被堅執銳，星散遍地，倏閃之間，雲陣四合。順驚駭，定神氣以觀之。

須臾，有卒賫⑪書云：「將軍傳檄⑫。」順受之，云：「地連獯虜⑬，戎馬不息，向數十年。將老兵窮，姿霜臥甲⑭，天設勍敵⑮，勢不可止。明公養素畜德，進業及時⑯，屢承嘉音，願託神契，然明公陽官，固當享大祿於聖世，今小國安敢望之。緣天那國北山賊合從，剋日會戰。事圖子夜，否滅未期。良用惶駭⑰。」順謝之，室中益燭⑱，坐觀其變。

夜半後，鼓角四發。先是東面壁下有鼠穴，化為城門，壘敵崔嵬⑲，三奏金革，四門出兵，連旗萬計，風馳雲走，兩皆列陣⑳。其東壁下是天那軍，西壁下金象軍。部後各定㉑，軍師進曰：「天馬斜飛度三止，上將橫行係四方。輜車直入無回翔，六甲次第不乖行。㉒」王曰：「善。」於是鼓之，兩軍俱有一馬斜去三尺止。又鼓之，各有一步卒橫行一尺。又鼓之，車進。如是，鼓漸急，而各出物包。矢石亂交。須臾之間，天那軍大敗奔潰，殺傷塗地。王單馬南馳，數百人投西南隅，僅而免焉。

先是西南有藥王栖，日中化為城堡，金象軍大振，收其甲卒，輿尸橫地。順俯伏觀之。於是，一騎至，禁須曰：「陰陽有曆，得之者昌。亭亭天威，風驅連激，一陣而勝，明公以為何如？」

順曰：「將軍英貫白日，乘天用時，竊窺神化靈文，不勝慶快。」

如是數日，會戰勝敗不常。王神貌偉然，雄姿罕儔。宴饌珍筵，與順致寶貝明珠珠璣無限。順遂榮於其中，所欲皆備焉。後遂與親朋稍絕，閑間不出。家人異之，莫究其由。而順顏色憔悴。為鬼氣所中。親戚共意有異，詰之不言。因飲以醇醪，醉而究泄之。

其親入潛備鍬鍤，因順如廁而隔之，荷鍤亂作，以掘室內八九尺，忽坎陷，是古墓也。墓有塼堂，其盟器悉多，甲胄數百，前有金床戲局，列馬滿枰，皆金銅成形，其干戈之事備矣。乃悟軍師之詞，乃象戲行馬之勢也。既而焚之，遂平其地。多得寶貝，皆墓內所畜者。順閱之，恍然而醒。乃大吐。自此充悅，宅亦不復凶矣。時寶應元年也。

校志

一、本文依據《太平廣記》卷三百六十九和商務《舊小說》卷四《玄怪錄》校錄，予以分段，並加註標點符號。

註釋

❶汝南——今河南汝南縣。

❷老大尤精武略——年歲老大了後，尤其對韜略有研究。

❸陝州——屬河南省。

❹外族——母之父母家。

❺鼓鼙——《禮樂記》：「君子聽鼓鼙之聲，則思將帥之臣。」鼓聲樂器，軍中常用之，因借以指軍事。李義山詩：「內殿張弦管，中原絕鼓鼙。」

❻石勒——上黨羯人，晉惠帝太安年間，聚眾為盜，事前趙劉曜。後叛劉曜，自稱帝。是為石趙。死後石虎篡位。虎卒諸子爭主。國亡。

❼夢一人被甲冑——夢見一個人，身穿甲，頭戴冑。冑：頭盔。

❽能猥顧小國乎？——猥：委曲。能委屈下顧小國嗎？

❾今敵國犯壘四句——現在敵國來侵犯……下三句費解。恐係傳抄有誤。

❿岑順答謝的話，咬文嚼字，卻也不甚通順！

⓫賫——同齎。付也。音躋。

⓬將軍傳檄——檄：音席ㄒㄧˊ，古用以徵召之文書。《文體明辯》云：「告急之文也。」通常用於軍營。

⓭地連獯虜——獯：匈奴族人。虜：稱敵人曰虜。

⓮將老兵窮，姿霜臥甲——將老了，兵累了。姿霜：指白髮。臥甲：就甲而睡。

⓯勍敵——勁敵。

⓰明公養素畜德，進業及時——質樸無文曰素。

⓱否滅未期。良用惶駭——能否剿滅，尚未可期，很是惶恐。

⓲室中益燭——房間裡點上更多的蠟燭。

⑲壘敵崔嵬——崔嵬：石戴土謂之崔嵬。我們說：「山石崔嵬。」意思是高而不平。壘敵：意義不明。壘敵崔嵬：大約是兩軍敵對，高高矮矮，聚成一壘一壘。

⑳三奏金革，四門出兵，連旗萬計，風馳雲走，兩皆列陣——三聲鼓響，四路出兵，兩相對陣，其間旌旗上萬，進兵如風馳雲走。（我們認為這是些堆砌之詞，實非佳作。）

㉑部後各定——部署各定。

㉒天馬斜飛四句——馬走日字，對聞而行，將帥只在四方小方塊中行動。車可橫行直走，都是象棋的步法。後面一句「六甲次第不乖行。」象棋譜中不見「六甲」。

說明

本篇作者，咬文嚼字，一思顯其文才，而扞格之處甚多，無從註釋。當時原文幾經傳抄遂有魯魚亥豕之情形發生，似又不必太過拘泥，能通其意即可也。

十七、元無有

寶應❶中有元無有，嘗❷以仲春末，獨行維揚郊野，值日晚，風雨大至。時兵荒後，人戶多逃，遂入路旁空莊。

須臾霽❸止，斜月方出。無有坐北窗，忽聞西廊有行人聲。未幾，見月中有四人，衣冠皆異，相與談諧，吟詠甚暢。乃云：「今夕如秋，風月若此，吾輩豈不為一言以展平生之事也？」其一人即曰云云。吟詠既朗，無有聽之具悉❹。

其一衣冠長人，即先吟曰：「齊紈魯縞如霜雪❺，寥亮高聲予所發。」

其二黑衣冠短陋人，詩曰：「嘉賓良會清夜時，煌煌❻燈燭我能持。」

其三故弊黃衣冠人，亦短陋，詩曰：「清冷之泉候朝汲❼，桑綆❽相牽常出入。」

其四黑衣冠人，詩曰：「爨薪❾貯泉相煎熬，充他口腹我為勞。」

無有亦不以四人為異；四人亦不虞無有之在堂隍❿也。遞為褒賞⓫，觀其自負，則雖阮嗣宗詠懷，亦若不能加矣。四人遲明⓬方歸舊所。

無有就尋之堂中，帷有故杵，燈臺，水桶，破鐺⓭，乃知四人，即此物所為也。

說明

一、本篇題名「元無有」，即是否定其事為真實，唐代文人集會，常有吟詩作賦的習慣。如李太白所說：「不有佳作，何伸雅懷？」是以傳奇中「為一言展平生之事」的場面，常常見到。

二、本文據《太平廣記》卷三百六十九和商務商務《舊小說》第四集《玄怪錄》校錄，予以分段，並加註標點符號。

註釋

❶寶應——唐肅宗年號，僅一年，西元七六二年。

❷常以仲春末——常：嘗，不是「平常」，是「曾經」的意思。曾經，或「有一次」，在仲春，即二月。末：杪。

❸霽——雨停。

❹聽之具悉——聽得清清楚楚。

❺齊紈魯縞——紈：白色絲織的細絹。縞：也是白色的絲絹。

❻煌煌——光明也。

❼朝汲——早上汲水。汲：從井中取水。衍為取水之意，不論從井上、從河中、或其他水源取水。

❽桑綆——用桶子打水，繫在桶上的繩索，叫綆。

❾爨——炊的意思。

❿堂隍——隍：原指城牆旁的溝。堂隍：在此為「附近」的意思。

⓫遞為褒賞——次第讚美。

⓬遲明——黎明。

⓭故杵，燈臺，水桶，破鐺——杵：從前洗衣服，將衣服泡在有洗潔液的水中，而後一件一件放到洗衣板上，用木杵搗洗。故杵：舊了的搗木杵。鐺：古來烹飪的器皿，有腳的，叫錡；沒有腳的，叫釜。鐺：是釜的一種。

十八、韋協律兄

太常協律韋生❶。有兄甚凶。自云平生無懼憚。聞有凶宅。必往獨宿之。其弟話於同官。同官有試之者。且聞延康東北角有馬鎮西宅❷。常多怪物。因領送其宅。具與酒肉。夜則皆去。獨留之於大池之西孤亭中宿。

韋生以飲酒且熱。袒衣而寢。夜半方寤。乃見一小兒。長可尺餘。身短腳長。其色頗黑。自池中而出。冉冉前來。循階而上。以至生前。生不為之動。乃言曰：「臥者惡物。直又顧我耶。」乃遶床而行。

須臾生迴枕仰臥。乃覺其物上床。生亦不動。遂巡覺有兩個小腳，緣於生腳上。冷如冰鐵，上澈於心，行步甚遲。生不動。候其漸行，上及於肚，生乃遽以手摸之，則一古鐵鼎子。已欠一腳矣。遂以衣帶繫之於床腳。明旦眾看之，具白其事。

乃以杵碎其鼎，染染有血色。自是人皆信韋生之凶，而能絕宅之妖也。

校志

一、本文據《太平廣記》卷三百七十及商務《舊小說》卷四《玄怪錄》校錄，予以分段，並加註標點符號。

註釋

❶太常協律韋生——唐太常寺——掌邦國禮樂、郊廟、社稷之事。卿一員正三品。少卿二員，正四品。下有丞、主簿、博士、太祝、奉禮郎等官。又有協律郎二人。品階為正八品上。

❷馬鎮西——馬璘，曾任鎮西節度使。其人窮苦出身，驍勇善戰。官至扶風郡王。他在京治第舍，以宏侈聞名。

十九、曹惠

武德❶初，有曹惠為江州參軍❷。官舍有佛堂，堂中有二木偶人，長尺餘，雕飾甚巧妙，丹青剝落。惠因持歸。與稚兒。後稚兒方食餅，木偶引手請之。兒驚報惠。

惠笑曰：「取木偶來。」

（木偶）即言曰：「輕素自有名，何呼木偶？」於是轉盻馳走，無異於人。❸

惠問曰：「汝何時物。頗能作怪？」

輕素與輕紅曰：「是宣城太守謝家俑偶❹，當時天下工巧，總不及沈隱侯家老蒼頭孝忠也。輕素、輕紅。即孝忠所造。隱侯哀宣城無常。葬日。故有此贈。時素在壙中❺，方持湯與樂夫人濯足。聞外有持兵稱敕聲❻。夫人畏懼，跣足❼化為白螻。少頃。二賊執炬至❽。盡掠財物。謝郎時舒瑟瑟環❾。亦為賊敲頤脫之❿。賊人照見輕紅等。曰：『二明器⓫不惡。可與小兒為戲具。』遂持出。時天平二年⓬也。自爾流落數家。陳末麥鐵杖猶子將至此。」

惠又問曰：「曾聞謝宣城婚王敬則女。爾何遽云樂夫人？」

輕素曰：「王氏乃生前之妻。樂氏乃冥婚耳。王氏本屠酤種。性麤卒多力。至冥中。猶與宣城不睦。伺宣城嚴顏。則礫石拄關以為威脅。宣城自密啓於天帝。許逐之。二女一男。悉隨母歸矣。遂再娶樂彥輔第八女。美姿質。善書。好彈琴。尤與殷東陽仲文謝荊州晦夫人相得。日恣追尋⑬。宣城常云：『我才方古詞人。唯不及東阿耳。其餘文士，皆吾杌中之肉⑭。可以宰割矣。』見為南曹典銓郎。與潘黃門同列。乘肥衣輕。貴於生前百倍。然十月一朝晉宋齊梁。可以為勞。近聞亦已停矣。」

惠又問曰：「汝二人靈異若此。吾欲捨汝如何？」

即皆言曰：「以輕素等變化，雖無不可。君意如不放。終不能逃。廬山山神欲取輕素為舞姬久矣。今此奉辭。便當受彼榮富。然君能終恩。請命畫工。便賜粉黛。⑮」

惠即令工人為圖之，使擒錦繡⑯。

輕素笑曰：「此度非論舞伎，亦當彼夫人。無以奉酬，請以微言留別。百代之中。但以他人會者。無不為忠臣。居大位矣。雞角入骨。紫鶴喫黃鼠。中不害五通泉室。為六代吉昌⑰。」

後有人禱廬山神。女巫言：「神君新納二妾，要翠釵花簪。汝宜求之。當降大福。」禱者求而焚之，遂如願焉。惠亦不能知其微言。訪之時賢。皆不悟，或云。中書令岑文本識其三句。亦不為人說。

校志

一、本文據《太平廣記》卷三百七十一及商務《舊小說》卷四《玄怪錄》校錄，予以分段，並加註標點符號。

註釋

❶武德——唐高祖李淵年號，共九年，自西元六一八至六二六年。

❷江州參軍——江州：今之江西省九江。今日的縣有科，科有科員。唐時州、縣有曹，曹有參軍，如同今日之科員。

❸轉盻馳走，無異於人——轉身、看視、奔跑，與人無異。盻：音細，怒視。此處可能是盼字之誤。

❹輕素與輕紅曰——輕素和輕紅說。輕素、輕紅，二木偶之名。

❹是宣城太守謝家俑偶——南齊謝朓，曾任宣城太守。唐詩：「詩接謝宣城。」俑：音勇，殉葬木偶。

❺壙——墳穴。

❻稱敕聲——此處有誤。

❼跣足——赤著足。跣：音險。

❽執炬至——拿著火把來到。

❾謝郎持舒瑟瑟環——不知是何物！

❿敲頤脫之——頤：面頰。

⓫明器——伴葬之器物。

⓬天平二年——南北朝時東魏孝靜帝年號，二年為西元五三四年。

⓭日恣追尋——經常恣意在一起。

⓮杌中之肉——杌：沒有背的坐具。此句不解。

⓯便賜粉黛——請賜裝扮。化裝。

⓰使擒錦繡——這句話也費解。擒：發也，布也。如「英名遠擒」，意謂英名傳得很遠。

⑰微言——隱語。「雞角入骨。紫鶴喫黃鼠。中不害五通泉室。為六代吉昌。」傳說中書令岑文本能解，但至今未能解出來。

二十、古元之

後魏❶尚書令古弼族子❷元之，少養於弼。❸因飲酒而卒，弼憐之特甚。三日殮畢，追思，欲與再別。因命斲棺❹，開已卻生矣。

元之云：當昏醉，忽然如夢。有人沃冷水於體，仰視，乃見一神人，衣冠絳裳蜺帔❺，儀貌甚俊。顧元之曰：「吾乃古說也，是汝遠祖。適欲至和神國中，無人擔囊侍從，因來取汝。」

即令負一大囊，可重一鈞。又與一竹杖，長丈二餘。令元之乘騎隨後。飛舉甚速。常在半天。西南行，不知里數。山河愈遠，欻然下地，已至和神國。

其國無大山。高者不過數十丈，皆積碧珉❻。石際生青彩篠❼。異花珍果，軟草香媚。好禽嘲噆❽。山頂皆平正如砥❾，清泉迸下者，三二百道❿。原野無凡樹，悉生百果及相思石榴⓫之輩。每果樹花卉俱發，實色鮮紅。翠葉於香叢之下，紛錯滿樹，四時不改。暗一歲一度暗換花實，更生新嫩，人不知覺。田疇盡長大瓠⓬，瓠中實以五穀，甘香珍美，非中國稻粱可比。人得足食，不假耕種。原隰滋茂，蕪穢不生[13]。一年一度，樹木枝幹間悉生五色絲纊，人得隨色收取。任意紝織[14]。異錦纖羅，不假蠶杼[15]。四時之氣，常熙熙和淑[16]，如中國二三月。無蚊虻蟆蟻蝨蜂蝎蛇虺守宮蜈蚣蛛蠓之蟲[17]。又無梟鴟鴉鷂鴝鵒蝙蝠之屬[18]，及無虎狼豺豹狐狸蓦伯之獸[19]，又無貓鼠豬犬擾害之類。其人長短妍蚩皆[20]等，無有嗜欲愛憎之者，人生二男二女，為鄰則世世為婚姻。笄年[21]而嫁，二十而娶。人壽一百二十。中無夭折疾病瘖聾跛躄之患[22]。百歲以下，皆自記憶。百歲以外，不知其壽幾何。壽盡則欻然失其所在。雖親族子孫，皆忘其人。故常無憂戚，每日午時一食。中間唯食酒漿果實耳。飧亦不知所化，不置溷所[23]。人無私積囷倉[24]，餘糧棲畝，要者取之。無灌園鬻蔬[25]，野菜皆足人食。十畝有一酒泉，味甘而香。國人日相攜遊覽，歌詠陶陶然。暮夜而散，未嘗昏醉。人人有婢僕。皆自然謹慎。知人所要，不煩促使。隨意屋室，靡不壯麗。其國六畜唯有馬[26]，馴極而駿，不用芻秣[27]，自食野草，不食積聚。人要乘則乘，乘訖而卻放。永無主守。其國千官皆足，而仕官不知身之在事。雜於下人，以無職事操斷也。雖有君主，而君不自知為君，雜於千官，以無職事升貶故也。又無迅雷風雨。其風常微輕如煦，襲萬物不至於搖落。其雨十日一降，降必以夜。津潤條暢，不有淹流。一國之人，皆自相親，有如戚屬。各各明惠。無市易商販之事，以不求利故也。

古說既至其國，顧謂元之曰：「此和神國也。雖非神仙，風俗不惡。汝迴，當為世人說之。吾既至此，回即別求人負囊，不用汝矣。」因以酒令元之飲，飲滿四巡，不覺沉醉。既而復醒，身已活矣。

自是元之疏逸人事㉘，都忘宦情，遊行山水，自號知和子。後竟不知其所終也。

校志

一、本文據《太平廣記》卷三百八十三校錄，予以分段，並加註標點符號。

二、古弼、代人，忠謹好學，又善騎射。魏太宗一見喜歡他，賜名筆，取其直而有用。後改名弼。頭尖，世祖即位，常名之曰筆頭。歷任立節將軍、靈壽侯，侍中，吏部尚書等職。世祖崩，吳天立。高宗即位，坐議不合旨免。有怨謗之言，其家人告巫蠱、伏法。時人冤之。（《魏書》本傳）

三、《太平廣記》引載此文，後註云：「出《玄怪錄》」。但我們讀了此文之後，只覺文中所述的和神國，有如西人所說的烏托邦。但稍作研究，便發現敘述甚不合邏輯，矛盾之處太多。譬如說：「其人長短妍醜皆等」，則張三與李四如何分別？既無紛爭，則又何需要有官府？沒有官府存在之必要，又何須君臣？「人人有婢僕」，婢僕又由何而來？以隣世世為婚姻，近親豈可婚姻？

牛僧孺以一介貧士，由小羅卜頭爬到宰相的位置，而且領袖群倫，為牛黨的黨魁，他的聰明才智，學問文章都高出儕輩。我們不相信他這樣沒有腦筋，會寫出這樣十分不合理的故事。

所以，我們懷疑，這一篇作品是有人冒他的名字，寫出這種「無父、無君」的文章，想嫁禍於他，像李黨黨人韋瓘冒他的名寫「周秦行紀」一樣，要致他於死地！真相如何，仍有待高明裁鑒。

註釋

❶後魏——即北朝之北魏，由元氏創立。

❷族子——姪子。

❸少養於弼——自小由古弼養育。

❹ 斲棺——把棺材撬開來。

❺ 絳裳蜺帔——紅色衣裳，彩色披風。蜺：虹蜺，即虹。

❻ 碧珉——珉：石之似玉者。

❼ 石際生青彩篠——篠：箭竹。石際長了青色有光彩的小竹。

❽ 好禽嘲晢——嘲晢應該是嘲哳，禽聲。

❾ 平正如砥——砥：磨石刀。細的叫砥，粗的叫礪。

❿ 清泉迸下者，三二百道——兩三百道瀑布瀉下。

⓫ 百果、相思、石榴——百果：各種果樹。相思樹，結的子即紅豆。

⓬ 田疇盡長大瓠——通常，穀田叫田，麻田叫疇。此處泛指田地而已。瓠：壺盧、葫蘆。

⓭ 原隰滋茂，蕕穢不生——隰：低濕的地方。蕕：馬鞭草科植物，臭味頗烈。穢：田中雜草。

⓮ 五色絲纊，人得隨色收取。任意紝織——纊：錦絮。紝：用絲以織綢緞。

⓯ 異錦纖羅，不假蠶杼——所有絲織品，都不必仰仗蠶吐絲，也不需織布機。

⓰ 熙熙和淑——熙熙：和樂。淑：清湛美善。意謂一年到頭，天氣都和淑宜人。

⓱ 無蚊虻句——虻：類似蒼蠅，愛吸人畜之血。虺：音毀，體長二尺的劇毒小蛇。蟆：音嘛，形似蚊而小。蠓：很小的飛蟲，雨後常群飛塞路。蠛蠓：全指害蟲。

⑱梟鴟句——梟：俗稱貓頭鷹。鴟：音吃，俗稱鷂鷹一類。鴞：烏鴉。鵂鶹：八哥。蝙蝠其實不是鳥，而是哺乳動物。

⑲無虎狼一句——虎、狼、豺、豹、都是猛獸。狐貍狡猾，駮則是傳說中能吃虎豹的野獸。

⑳妍蚩——妍是美，蚩是醜。

㉑笄年而嫁——笄年為十五歲。女子十五即嫁人，尚未成年，無乃太早！

㉒瘖聾跛躄——瘖：瘖啞，口不能言。跛：足偏廢者曰跛。躃：足不能行。

㉓溷——圂也。廁所。

㉔人無私積囷倉——囷：音君，積穀的圓倉。

㉕無灌園鬻蔬——沒有人灌園種蔬菜賣。

㉖六畜——馬、牛、羊、雞、犬、豕，謂之六畜。

㉗不用芻秣——不需要馬飼料。芻：乾草。秣：也是給馬吃的草料。

㉘疏逸人事——對於人事，疏放不計較。

二十一、蘇履霜

太原節度馬侍中❶燧小將蘇履霜者。頃事前節度使鮑防。從行營日。並將伐回紇。時防臨陣。指一旗劉明遠。以不進鋒。命履霜斬之❷。履霜受命。然數目明遠令遽進。得脫喪元之禍❸。後十餘年卒。履霜亦遊於冥間。見明遠。

（明遠）乃謂履霜曰。「曩日蒙君以生成之故。無因酬德。今日當展素願。」遂指一路。路多榛棘❹。云：「但趨北途。必遇舍利王❺。王平生曾為侍中之部將也。見而訴之。必獲免。」告之命去。

履霜遂行一二十里間。果逢舍利王弋獵。舍利素識履霜。驚問曰。「何因至此？」答曰：「為冥司所召。」

（王）乃曰：「公不合來。宜速反。」遂命判官王鳳翔令早放迴兼附信耳謂履霜曰：「為余告侍中。自此二年當罷節。一年之內。先須去入赴朝廷。郎君早棄人世。慎勿泄之。」鳳翔檢籍放歸。至一關門。逢平生飲酒之友數人。謂履霜曰：「公獨行歸。

余曹企慕所不及也。」

（還）生五六日，遂造鳳翔。鳳翔逆已知之。問云：「舍利何詞？」曰：「有之。不令告他人也。」鳳翔曰：「余亦知之。汝且歸。余候隙當白侍中。」旬日遂與履霜白之。侍中召履霜訊之，履霜亦具所見。鳳翔陳告，後所驗一如履霜言，蓋鳳翔生自司冥局，隱而莫有知之者。因履霜還生而洩也。

校志

一、本文據《太平廣記》卷三百八十四及商務《舊小說》卷四《玄怪錄》校錄，予以分段，並加註標點符號。

二、本文與〈淳于矜〉一樣，簡略過順、疑本是殘編，略經修整者。然而，實不可考！

三、括弧中字係編者添加，以求文氣之完整。

註釋

❶馬燧——字洵美，系出右扶風，定居汝州郟城，長六尺二寸，沉勇多算。歷任節度使，拜司徒，兼侍中。年七十卒，贈太傅。兩《唐書》均有傳。

❷指一旗劉明遠。以不進鋒。命履霜斬之——節度使鮑防要蘇履霜斬一旗不前進衝鋒的劉明遠。

❸數目明遠令遽進，得脫喪元之禍——幾度以目示意明遠，要他突進。明遠因而得脫殺頭（喪元）之禍。元：首級。

❹路多榛棘——木叢生曰榛。榛棘：蕪雜叢生之意。棘：小棗叢生。草木刺人謂之棘。

❺舍利王——俗說十殿閻王，可能是其中之一。

二十二、景生

景生者，河中猗氏❶人也。素精於經籍。授冑❷子數十人。歲暮將歸，途中偶逢故相呂譚❸，以舊相識，遂以後乘載之而去。

群冑子乃報景生之家。而景生到家，身已卒訖。數日乃蘇❹。（景生）云：「冥中見黃門侍郎嚴武、朔方節度使張戒然。」

景生善周易，早歲兼與呂相講授，未終秩，遇呂相薨。乃命景生，請終餘秩。時嚴張俱為左右臺郎。顧呂而怒曰：「景生未合來，固非冥間之所勾留。奈何私欲而有所害？」共請放迴。呂遂然之❺。

張尚書乃引景生，屬兩男。一名曾子，一名夫子。閏正月三日，當起北屋。妨曾子新婦。為報止之，令速罷。當脫大禍。❻

及景蘇後數日，而後報其家。屋已立，其妻已亡矣！❼

又說：「曾子當終刺史，夫子亦為刺史，而不正拜。❽」後果如其言。

校志

一、本文據《太平廣記》卷三百八十四校錄，予以分段，並加註標點符號。

二、原文有若干不解之處，或前言後語難相連續。可能編《太平廣記》時，編人所據者，乃是斷簡殘篇。故文氣有不相連接之處。

註釋

❶漪氏——一作猗氏，縣名。故城在山西省安澤縣東南。

❷冑子——公卿子弟，或曰「國子」。

❸呂譚——疑是「呂諲」之誤。呂諲於乾元二年（肅宗年號）以兵部侍郎同中書門下三品（相職）。

❹第二段似是說：景生歸家途中，為呂諲載去，但呂諲已死，眾冑子何以看見？景生到家，身已卒訖。如何人已死，屍體在家，其人何以「到家」？中間定有脫文。

❺第三段是景生復甦後告訴家人說：「他隨呂諲走，遇見嚴氏和張戒然，呂諲在世時，曾請景生授易，教書期限未滿而呂去世。現在冥間相逢，呂諲要景生把未教滿的日期補上，授他周易。但嚴、張二人不高興。說：「景生還沒到該來的時候，不可在冥間停留，你不可為一己的私欲而害他！」他們兩人要呂諲讓景生回陽間。呂諲也同意了。

❻第四段文義不明。似言興建北屋，對曾子的新妻不利，要立即停止，才能免禍。

❼景生復生後數日才去告訴曾家。為時過晚，屋已立，曾婦已亡。

❽正拜——不正拜刺使，意為「代」、「攝」之意。

二十三、盧頊表姨

洺州❶刺史盧頊表姨常畜一猧子❷，名花子。每加念焉。一旦而失，為人所斃。

後數月，盧氏忽亡。冥間見判官姓李。乃謂曰：「夫人天命將盡，有人切論，當得重生一十二年。」

（盧氏）拜謝而出。行長衢❸中，逢大宅。有麗人❹，侍婢十餘人，將遊門屏，使人呼夫人入。謂曰：「夫人相謝耶？」

曰：「不省也。」

麗人曰：「某即花子也。平生蒙不以畜獸之賤，常加育養。某今為李判官別室，昨所囑夫人者，即某也。冥司不廣其請❺，只加一紀❻。某潛以改十二年為二十，以報存育之恩。有頃李至，伏願白之本名，無為夫人之號。懇將力祈。❼」

李逡巡而至❽，至別坐語笑。麗人首以圖乙改年白李，李將讓之。對曰：「妾平生受恩，以此申報，萬不獲一。料必無難之。」

李欣然謂曰：「事則匪易。感言請之切。」遂許之。臨將別，（麗人）謂夫人曰：「請收餘骸，為瘞埋之。骸在履信坊街之北牆，委糞❾之中。」

夫人既蘇，驗而果在。遂以子禮葬之。後申謝於夢寐之間。後二十年，夫人乃亡也。

校志

一、本文據《太平廣記》卷三百八十六校錄，予以分段，並加註標點符號。括弧中字為編者添加，以求語文之通順。

註釋

❶洺州——唐洺州，今河北永年縣。

❷猧子——小狗。

❸長衢——四通八達的大道。古詩十九首：「長衢羅夾巷。」

❹麗人——美女。杜甫詩：「長安水邊多麗人。」

❺冥司不廣其請——冥司對她的請求不肯稍微慷慨一些。

❻一紀——一紀為十二年。

❼伏願數句——這一段書可能有脫字，意義不甚清楚。

❽李逡巡而至——不一會兒到來。

❾委糞之中——委、棄也。

二十四、盧渙

黃門侍郎❶盧煥，為洺州❷刺史。屬邑翁山縣，溪谷迴無人❸，嘗有❹盜發墓。

（發墓盜）云：

初行，見車轍中有花磚，因揭之，知是古冢。乃結十人，（至）縣投狀：「請至路旁居止。」縣許之。遂種麻，令外人無所見。即悉力發掘，入其隧路。漸至壙❺中。（見）有三石門，皆以鐵封之。

其盜先能誦咒，因齋戒近之。至日，兩門開，每門中各有銅人銅馬數百。持執干戈，其製精巧。

盜又齋戒三日，中門半開。有黃衣人出曰：「南征將軍劉，（忘名）使來相聞。某生有征伐大勳。及死，敕令護葬。又鑄銅人馬等，以象存日儀衛❻、奉計來此。必要財貨❻，所居之室，實無他物，且官葬不瘞寶貨❽，何必苦以神咒相侵？若更不已，當不免兩損！」言訖復入，門合如初。

（盜）又誦咒數日不已。門開，一青衣又出傳語。盜不聽，兩扇欻闢❾，大水漂蕩，盜皆溺死。一盜能泅❿而出，自縛詣官。⓫具說本末⓬。渙令復視其墓。中門內有一石床，髑髏枕之。水漂，已半垂於床下。因卻為封兩門，室隧路矣⓭。

校志

一、本文據《太平廣記》卷三百九十校錄，予以分段，並加註標點符號。

二、括弧中字係編者所加，以求文氣之通順。

三、此文甚短，近於志怪。然有情節。主角為貪財之群盜。故與志怪不同。

註釋

❶黃門侍郎——秦漢以來，有黃門侍郎，居禁中給事。晉時置為門下省。唐開元間，又改為黃門省，尋復舊。按：唐時，中書省起草，門下省批駁，尚書省執行。同中書門下三品，即係

宰相。門下省長官稱侍中，正三品。其副手為黃門侍郎，正四品上。

❷洺州——今河北省永年縣。

❸溪谷迥無人——迥：音炯。遠也。

❹嘗有——曾經有。

❺壙——墳穴。

❻儀衛——儀仗衛士。

❼奉計來此，必要財貨——上句不解。大約說：計劃來此目的，必定是要獲取財貨。

❽官葬不瘞寶貨——官家葬人，是不會把財寶埋在墓中的。說得很有道理。

❾兩扇欻闢——兩扇門突然闢開。

❿泅——泅水，游泳。

⓫自縛詣官——綑綁自己，來見官員。

⓬具說本末——把事情的原委具體的說出來。

⓭窒隧路矣——把隧道給塞死了。

二十五、侯遹❶

隋開皇❷初，廣都孝廉侯遹入城。至劍門外，忽見四廣石，皆大如斗❸。遹愛之，收藏於籠，負之以驢。因歇鞍取看，皆化為金。遹至城貨之，得錢百萬。市美妾十餘人。大開第宅。又近甸❹置良田別墅。

後乘春出遊，盡載妓妾隨從。下車陳設酒殽。忽有一老翁負大笈❺至。坐於席末。遹怒而詬❻之。命蒼頭❼扶出。叟不動，亦不嗔恚❽。但引滿啖炙❾而笑。云：「吾此來❿求君償債耳。君昔將我金去，不憶記乎？」盡取遹妓妾十餘人，投之書笈，亦不覺笈中之窄。負之而趨。走若飛鳥。遹令蒼頭馳逐之，斯須已失所在。

自後遹家日貧。卻復昔日生計。十餘年卻歸蜀。到劍門，又見前者老翁，攜所將之妾遊行⓫。儐從極多，見遹皆大笑。問之不言。逼之又失所在。訪劍門前後，並無此人，竟不能測也。

校志

一、本文據《太平廣記》卷四百及商務《舊小說》第四集《玄怪錄》校錄，予以分段，並加註標點符號。

二、本文主角廣都舉人（孝廉）侯遹。廣都應在四川（文中說他十餘年歸蜀），但四川並無廣都。只有廣漢縣、廣元縣。

三、第三段原文為比來，我們認為可能是「此來」之誤。

註釋

❶遹——音浴，ㄩˋ。

❷開皇——隋文帝楊堅的年號，共二十年，元年為西元五八一年。

❸斗——斗合一〇、三五公升。一萬零三百五十西西。盛酒之斗，應當不大。此處以驢背負，當以前者為是。一萬西西，十公斤左右。

❹甸——郭外曰郊，郊外曰甸。

❺笈——裝書的箱子。負笈：求學。

❻詬——ㄍㄡˋ，辱罵。

❼蒼頭——僕隸。秦觀詩：「灌園已糊口，身自雜蒼頭。」

❽亦不嗔恚——嗔：發怒。恚：恚怒。

❾引滿啖炙——把酒杯倒滿。啖：吃。炙：烤肉。

❿比來——近來。「比」疑是「此」之誤。「此來」，較適切。

⓫攜所將之妾遊行——攜所取去之妾。遊行：遊玩，旅遊。

二十六、蕭至忠

唐中書令蕭至忠❶。景雲❷元年。為晉州❸刺史。將以臘日畋遊❹。大事罝羅❺。先一日。有薪者樵於霍山。暴瘧不能歸❻。因止巖穴之中。呻吟不寐。夜將艾❼。似聞悉窣❽有人聲。初以為盜賊將至。則匍匐於林木中❾。時山月甚明。有一人身長丈餘。鼻有三角。體被豹鞹❿。目閃閃如電。向谷長嘯。俄有虎兕鹿豕狐兔雉鴈⓫駢匝百許步⓬。

長人即宣言曰：「余玄冥使者⓭。奉北帝之命。明日臘日。蕭使君當順時畋臘。爾等若干合箭死。若干合鎗死。若干合網死。若干合棒死。若干合狗死。若干合鷹死。」言訖。群獸皆俯伏戰懼。若請命者。

老虎泊老麋⓮。皆屈膝向長人言曰：「以某等之命。即實以分。然蕭公仁者。非意欲害物。以行時令耳。若有少故則止。使者豈無術救某等乎？」

使者曰：「非余欲殺汝輩。但今自以帝命宣示汝等刑名。即余使乎之事畢矣。自此任爾自為計。然余聞東谷嚴四兄善謀。爾等可就彼祈求。」群獸皆輪轉歡叫。使者即東行。群獸畢從。時薪者疾亦少間。隨往覘之⑮。

即至東谷。有茅堂數間。黃冠一人。架懸虎皮。身正熟寢。驚起。見使者曰：「闊別既久。每多思望。今日至此。得非配群生獵日刑名乎？」

使者曰：「正如高明所問。然彼皆求救於四兄。四兄當為謀之。」老虎老麋即屈膝哀請。

黃冠曰：「蕭使君每役人。必恤其饑寒。若祈滕六降雪⑯。巽二起風⑰。即不復遊獵矣。余昨得滕六書。知已喪偶。又聞索泉家第五娘子為歌姬⑱。以妬忌黜矣。若汝求得美人納之。則雪立降矣。又巽二好飲。汝若求得醇醪賂之⑲。則風立至矣。」

有二狐自稱多媚。能取之。河東縣尉崔知之第三妹。美淑嬌豔。絳州盧司戶善釀醪。妻產。必有美酒。言訖而去。諸獸皆有歡聲。

黃冠乃謂使者曰：「憶含質在仙都⑳。豈意千年為獸身。悒悒不得志。聊有述懷一章。」乃吟曰：「昔為仙子今為虎。流落陰涯足風雨。更將斑毳被余身。千載空山萬般苦。」然含質譴謫已滿㉑。唯有十一日即歸紫府矣㉒。久居於此。將別。不無悵悵。

因題數行於壁。使後人知僕曾居於此矣。」乃書北壁曰：「下玄八千億甲子。丹飛先生嚴含質23謫下中天。被斑革六十甲子24。血食澗飲。廁猿狖。下濁界。景雲元紀升太一。25」

時薪者素曉書誦。因密記得之。少頃。老狐負美人至。纔及笄歲26。紅袂拭目。殘粧妖媚。又有一狐負美酒二瓶。香氣酷烈。嚴四兄即以美女洎美酒瓶。各納一囊中。以朱書一符。取水噀之。二囊即飛去。27

薪者懼且為所見。即尋路卻回。未明。風雪暴至。竟日乃罷。而蕭使君不復獵矣。

校志

一、本文據《太平廣記》卷四百四十一及商務《舊小說》第四集《玄怪錄》校錄，予以分段，並加註標點符號。

註釋

❶中書令蕭至忠——唐中央政府採三省制，中書省起草、門下省批駁，尚書省執行。中書省長官為中書令。蕭至忠，景雲初為晉州刺使。（《新唐書》稱「唐隆元年，出為晉州刺史。」按：唐無「唐隆」年號，以舊書為是。）

❷景雲——景雲為唐睿宗年號，只有二年，自西元七一一至七一二年。

❸晉州——今山西省臨汾縣。

❹畋遊——畋：音田，打獵。畋遊：打獵、遊玩。

❺罝羅——罝：音ㄐㄩ，捕野獸的網。羅：捕鳥的網。

❻樵於霍山。暴瘧不能歸——霍山，在山西省霍縣。暴瘧：暴病，忽然生病。暴瘧：忽然瘧疾發作。

❼夜將艾——夜將盡。

❽悉窣——窸窣：狀聲音之辭。

❾匍匐——手足著地向前爬行。扶手林木中，手腳貼地，扒在林木中。

❿體被豹鞟曹曹鞟：音郭，去毛之皮。

⓫虎、兕、鹿、豕、狐、兔、雉、鴈——都是野獸和野禽。兕：音似，如野牛而青。雉：野雞。

⓬駢匝百許步——滿月叫匝，音扎。駢：並也。一雙一雙，圍滿了百來步的地方。

⓭玄冥使者——當是冥世官吏。

⓮老虎洎老麋——洎：音忌，及，和。老虎和老麋。

⓯隨往覘之——隨往窺看。

⓰滕六——雪神。

⓱巽二——風神。

⓲索泉家第五娘子為歌姬——索：索取。

⓳求得醇醪賂之——若能求得好酒賄賂他。醪：音勞，醇醪、醲厚之酒也。

⓴憶含質在仙都——含質乃黃冠人之名。想當年我在仙都之時……

㉑然含質譴謫已滿——此句即接上句，自謂謫期已滿，即將升天也。

㉒紫府——應是神仙之府。

㉓丹飛先生嚴含質——東谷嚴四兄之名號與姓名。

㉔被斑革六十甲子——身被虎皮者三千六百年。

㉕血食澗飲。厠猿狖。下濁界。景雲元紀升太乙——「吃獸肉，喝澗水，和猿猴雜處，降於人間，景雲元年升天。」狖：音右，黑長尾猴。厠：雜。厠猿狖：雜於猿猴之中。

㉖才及笄歲——才十五歲。笄：音雞。古時，女子十五歲才將髮盤起，用笄固定。故曰及笄之年，表示可以嫁人了。

㉗嚴四兄數句——嚴四兄即將美女和酒，各裝在在一個大囊中，加上以朱砂所書的符一道，取水噴之，二囊即飛走了。

說明

此文嚴四以女色賂滕六，以美酒賂巽二，這種賄賂行為，實不可取。可能作者牛僧孺有撼於李黨的作為，寫這個故事來予以諷刺。意思是說：「雖然作好事，但收受賄賂總是不對的！」

二十七、淳于矜

晉太元中❶，瓦棺佛圖前❷淳于矜❸，年少潔白。送客至石頭城❹南，逢一女子，美姿容。矜悅之，因訪問。二情既洽，將入城北角共盡欣好❺，便各分別，期更尅集，將欲結為伉儷❻。

女曰：「得壻如君，死何恨。我兄弟多，翁母並在，當問我翁母。」矜便令女歸，問其翁母。翁母亦願許之，女因敕婢取銀百斤❼絹百匹，助矜成婚。經久，生兩兒。

當作祕書監，明果騶卒來召，車馬導後，從前後部鼓吹❽。經少日，有獵者過覓矜，將數十狗❾，逕突入咋婦及兒❿，並成狸⓫，絹帛金銀，並是草及死人骨。

校志

一、本文據《太平廣記》卷四百四十二和商務《舊小說》卷四《玄怪錄》校錄，予以分段，並加註標點符號。

二、本篇簡略過甚，似非原文。且有若干不解之處。姑錄存之。

註釋

❶晉太元中——太元，東晉孝武帝的年號，共二十一年。

❷瓦棺佛圖前——此處應該是說地名。此五字有誤。瓦棺為土製之棺。佛圖澄、天竺人，晉永嘉時來中國，稱大和尚。

❸淳于矜——淳于，複姓。

❹石頭城——金陵。

❺將入城北角共盡欣好——相將到城北角，共盡歡樂。欣：音欣。喜也。

❻期更尅集。將欲結為伉儷——期更尅集：希望更早定日期會集。將欲結為伉儷：此處，「將」為不久、將來之意，與上一個將意思不同。

❼敕婢取銀——令婢取銀。

❽明果——這句話有遺字，應該是：明旦。騶卒：即役卒。來，召集車馬導從前後部鼓吹等。

❾將數十狗——帶了數十條獵狗。

❿徑突入咋婦及兒——一逕入內，咬婦及兒。咋：音則，咬嚼。

⓫並成狸——都變成了狸。狸：類似狐的獸。

二十八、來君綽

隋煬帝征遼，十二軍盡沒。總管來護坐法受戮。煬帝盡欲誅其家。子君綽憂懼連日，與秀才羅巡、羅逖、李萬進、結為奔友，共亡命至海州。❶夜黑迷路，路傍有燈火，因與共頓之❷。

扣門數下，有一蒼頭❸迎拜。君綽因問：「此是誰家？」答曰：「科斗郎君❹。姓威，即當府秀才也。」遂啓門。又自開。敲中門。曰：「蝸兒也有四五箇客。」蝸兒即又一蒼頭也。遂開門。秉燭引客就館。客位床榻茵褥甚備。

俄有一小童持燭自中門出曰：「六郎子出來。」君綽等降階見主人。

主人辭彩朗然。文辯紛錯。自通姓名曰「威汙蠖」。敘寒溫訖。揖客由阼階❺，坐曰：「汙蠖忝以本州鄉試，得與足下同聲。青宵良會。殊是欣願❻。」即命酒洽坐。漸至酣暢。談謔交至。眾所不能對。

君綽頗不能平。欲以理挫之。無計。因舉觴。曰：「君綽請起一令。以坐中姓名雙聲者。犯罰如律。」君綽曰：「威汙蠖。」實譏其姓。衆皆撫手大笑。以為得言。及至汙蠖。改令曰：「以坐中人姓為歌。聲自二字至三字。」令曰：「羅李羅來李。」衆皆慚其辨捷。

羅巡又問：「君聲推之事。足得自比雲龍。何主名之自貶耶？」

汙蠖曰：「僕久從賓興。多為主司見屈。以僕後於群士。何異尺蠖於汙池乎。」

巡又問：「公華宗氏族。何為不載？」

汙蠖曰：「我本田氏。出於齊威王。亦猶桓丁之類。何足下之不學耶？」

既而蝸兒舉方丈盤至。珍羞水陸。充溢其間。君綽及僕。無不飽飫❼。夜闌徹燭❽。連榻而寢。遲明敍別。帳帳俱不自勝❾。

君綽等行數里。猶念汙蠖。復來。見昨所會之處。了無人居。唯汙池邊有大螾❿。長數尺。又有蝭螺丁子⓫。皆大常者數倍。方知汙蠖及二豎⓬皆此物也。遂共惡昨宵所食。各吐出青泥及汙水數升。

說明

一、本文據《太平廣記》卷四百七十四和與商務《舊小說》第四集《玄怪錄》校錄，予以分段，並加註標點符號。

二、本文近似志怪，但有人物、有辯論，所以不同於志怪。

三、來護兒、字崇善，隋江都人。征遼有功，封榮國公。和本文所說「征遼」，十二軍盡沒事，全不相干。護兒《隋史》卷六十四有傳。宇文化及反，他和兒子李來楷、來弘、來松等俱被害。唯少子來恒、來濟獲免。並無來君綽。

四、牛僧孺用「元無有」等人名，表示「實無其事」。用來護、郭元振等事蹟，卻故意露出許多破綻，不過說明「都不是事實」，不過遊戲文章而已。

註釋

❶海州——今之江蘇東海縣。

❷因與共頓之——此語不解。上舉二書均作「共頓之」，意思不明，可能有誤。頓：有「食宿之處」的意思。

❸蒼頭——僕人。

❹科斗郎君——科斗即蝌蚪，蛙之幼蟲。「科斗郎君」不知何解。

❺阼階——東階。阼猶酢也。東階所以答酢賓客，故曰阼階。

❻青宵良會。殊是欣願——青宵，疑是「清宵」，良夜也。欣：音欣，欣然。殊是欣願，是特別高興的意願。

❼飽飫——飫：音ㄩˋ，燕食。飽飫：吃飽。飽飧燕食。

❽夜闇徹燭——疑是「夜闌撤燭」。夜深，把燭火撤去。

❾遲明敘別。恨悵俱不自勝——次日告別，不覺悵然不捨。

❿大螾——螾：蚯蚓。

⓫螅螺丁子——丁子、蝌蚪。螅螺：福壽螺一類的動物。

⓬汙蠖及二豎——蠖：又稱尺蠖，一種毛毛蟲。豎：童僕之未及冠年者。

二十九、滕庭俊

文明❶元年。毗陵❷滕庭俊。患熱病積年。每發身如火燒。數日方定。名醫不能治。後之洛調選。行至滎水西十四五里。天向暮。未達前所❸。遂投一道傍莊家。主人暫出未至。庭俊心無聊賴。因歎息曰：「為客多苦辛。日暮無主人。」即有老父鬢髮疏禿❹。衣服亦弊，自堂西出拜曰：「老父雖無所解，而性好文章，適不知郎君來止。與和且耶連句次❺。聞郎君吟「為客多苦辛。日暮無主人。」雖曹丕門客，子長異人❻，不能過也。老父與和且耶。同作渾家門客，雖貧，亦有斗酒接郎君清話耳。」

庭俊甚異之。問曰：「老父住止何所。」

老父怒曰：「僕忝渾家❼掃門之客，姓麻名來和，弟大❽，君何不呼為麻大？」

庭俊即謝不敏。與之偕行。遶堂西隅。遇見二門。門啓。華堂複閣甚奇秀。館中有樽酒盤核❾。麻大揖讓庭俊同坐。

良久。中門又有一客出。

麻大曰：「和至矣。即降階揖讓坐。」

且耶謂麻大曰：「適與君欲連句，君詩題成未？」

麻大乃書題目曰：「同在渾家平原門館連句一首。使請為四句矣。麻大詩曰：「自與渾家鄰。馨香遂滿身。無心好清淨，人用去灰塵。」僕作四句成矣。」

且耶曰：「僕是七言，韻又不同。如何？」

麻大曰：「但自為一章。亦不惡。」

且耶良久吟曰：「終朝每去依烟火。春至還歸養子孫。曾向符王筆端坐。爾來求食渾家門。」

庭俊猶不悟。見門館華盛。因有淹留歇馬之計。詩曰：「田文❿稱好客，凡養幾多人。如欠馮煖⓫在。今希厠下賓⓬。」

且耶、麻大相顧笑曰：「何得相譏？向使君在渾家門。一日，自當厭飫矣⓭。」於是餐膳肴饌，引滿數十巡。

主人至，覓庭俊不見，使人叫喚之。

庭俊應曰：「唯。」而館宇已非，麻和二人，一時不見。乃坐廁屋下，傍有大蒼蠅、禿掃箒而已。

庭俊先有熱疾，自此已後，頓愈。更不復發矣。

說明

一、這一篇也近於志怪文。唐人多喜借草妖木怪，「為一言以敘平生」，而後作幾首詩。此文當是當時盛行的文體，此文與作者另一篇文。「元無有」有相似之處。

二、本文據《太平廣記》卷四百七十四與與商務《舊小說》第四集《幽怪錄》校錄，予以分段，並加註標點符號。

註釋

❶文明元年——文明，武后年號，西元六八四年。

❷毗陵——在今江蘇省鎮江附近。（毘陵。）

❸後之洛調選。行至滎水西十四五里。天向暮。未達前所——後之洛調選：赴洛陽應調選官。滎水：在今河南滎陽縣。天向暮，未達前所：天將晚了，還沒有到達前方的驛站。

❹鬢髮疎禿——頭髮少，有點禿。

❺與和且耶連句次——正和和且耶（人名）聯句。

❻曹丕門客、子長異人——曹丕：魏文帝，擅文。司馬遷，字子長，作《史記》。

❼渾家——俗呼婦曰渾家。

❽弟大——弟：次第，排行。弟大：排行老大。

❾盤核——核、桃、杏之屬。一盤水果。

❿田文——孟嘗君。

⓫馮燰——孟嘗君的門客之一。

⓬厠下賓——和下賓門雜處。

⓭當厭飫矣——當吃飽啦！

三十、郭元振❶

代國公郭元振，開元❷中下第，於晉之汾❸。夜行陰晦失道❹；久而絕遠有燈火光，以為人居也，逕往尋之。八九里，有宅，門宇甚峻。既入門，廊下及堂上，燈燭熒煌，牢饌羅列❺，若嫁女之家，而悄無人。公繫馬西廊前，歷階而升，徘徊堂上，不知其何處也。

俄聞堂中東閣，有女子哭聲，嗚咽不已。

公問曰：「堂中泣者，人耶，鬼耶？何陳設如此，無人而獨泣？」

曰：「妾此鄉之祠，有烏將軍者，能禍福人❻。每歲求偶於鄉人，鄉人必擇處女之美者而嫁焉。妾雖陋拙，父利鄉人之五百緡，潛以應選❼。今夕鄉人之女並為遊宴者到是，醉妾此室，共鏁而去，以適於將軍者❽也，今父母棄之就死❾，而令惴惴哀懼❿。君誠人耶？能相救免？畢身為掃除之婦，以奉指使。」

公大憤曰：「其來當何時？」

曰：「二更。」

曰：「吾忝大丈夫也⓫，必力救之。如不得，當殺身以狥汝⓬，終不使汝枉死於淫鬼之手也。」

女泣少止。於是坐於西階上，移其馬於堂北，令僕侍立於前，若為儐⓭而待之。

未幾，火光照耀，車馬駢闐⓮，二紫衣吏，入而復走出，曰：「相公在此。」

逡巡，二黃衫衣吏，入而出，亦曰：「相公在此。」

公私心獨喜，吾當為宰相，必勝此鬼矣。

既而將軍漸下，導吏復告之。將軍曰：「入。」有戈劍弓矢，引翼以入⓯，即東階下。

公使僕前曰：「郭秀才見。」遂行揖。

將軍曰：「秀才安得到此？」

曰：「聞將軍今夕嘉禮，願為小相耳⓰。」

將軍者喜而延坐。與對食，言笑極歡。

公於囊中有利刀，思取刺之。乃問曰：「將軍曾食鹿脯乎？」

曰：「此地難遇。」

公曰：「某有少許珍者，得自御廚，願削以獻。」將軍者大悅。

公乃起取鹿脯，並小刀，因削之，置一小器，令自取之。將軍喜，引手取之，不疑其他。公伺其無機⑰，乃投其脯，捉其腕而斷之。將軍失聲而走。道從之吏⑱，一時驚散。公執其手，脫衣纏之。令僕夫出望之，寂無所見。乃啓門謂泣者曰：「將軍之腕，已在此矣。尋其血迹，死亦不久。汝既獲免，可出就食。」

泣者乃出。年可十七八，而甚佳麗。拜於公前曰：「誓為僕妾。」公勉諭焉。

天方曙，開視其手，則豬蹄也。

俄聞哭泣之聲漸近，乃女之父母兄弟及鄉中耆老，相與舁櫬而來⑲，將取其屍，以備殯殮。見公及女，乃生人也。咸驚以問之，公具告焉。

鄉老共怒殘其神，曰：「烏將軍此鄉鎮神⑳，鄉人奉之久矣。歲配以女，才無他虞。此禮少遲，即風雨雷雹為虐。奈何失路之客，而傷我明神？致暴於人，此鄉何負。當殺卿以祭烏將軍；不爾㉑，亦縛送本縣。」揮少年將令執公。

公諭之曰：「爾徒老於年，未於事。我天下之達理者，爾衆其聽吾言。夫神，承天而為鎮也，不若諸侯受命於天子而疆理天下乎？」

曰：「然。」

公曰：「使諸侯漁色於國中，天子不怒乎？殘虐於人，天子不伐乎？誠使汝呼將軍者，眞明神也。神固無豬蹄，天豈使淫妖之獸乎？且淫妖之獸，天地之罪畜也。吾執正以誅之，豈不可乎？爾曹無正人，使爾少女年年橫死於妖畜，積罪動天。安知天不使吾雪焉。從吾言，當為爾除之，永無聘禮之患，如何？」

鄉人悟而喜曰：「願從命。」

公乃命數百人，執弓矢刀鎗鍬钁之屬，還而自隨。尋血而行，纔二十里，血入大塚穴中。因圍而劚之[22]，應手漸大如瓮口[23]，公令采薪燃火，投入照之。其中若大室。見一大豬，無前左蹄，血臥其地，突煙走出，斃於圍中。

鄉人翻共相慶，會錢以酬公。公不受。曰：「吾為人除害，非鬻獵者。[24]」

得免之女，辭其父母親族曰：「多幸為人，託質血屬[25]，閨闈未出，固無可殺之罪。今者貪錢五十萬，以嫁妖獸，忍鎖而去，豈人所宜？若非郭公之仁勇，寧有今日。是妾死於父母，而生於郭公也。請從郭公，不復以舊鄉為念矣。」泣拜而從公。公多歧援喻[26]，止之不獲，遂納為側室。生子數人。公之貴也，皆任大官之位。事已前定，雖主遠地而棄於鬼神，終不能害，明矣。

說明

一、明鈔本《說郛》將此文收入《玄怪錄》中，《類說》中載此文，而題為〈烏將軍娶婦〉。

二、本文據上列各書校錄，予以分段，並加註標點符號。

三、王夢鷗先生《唐人小說研究》第四集中說：

「今以開篇語式比於〈周秦行紀〉，甚類似。蓋韋瓘嘗模擬之以誣牛僧孺者也。」而汪國垣之《唐人傳奇小說》下卷〈玄怪錄〉所錄此文後按語中卻說：「惟此文頗不類思黯（即牛僧孺），殊近李復言。」孰是孰非，尚難決定。

註釋

❶代國公郭元振——郭震，字元振，魏州貴鄉人。長七尺，美鬚髯。十六歲為太學生。其家送資錢四十萬，一縗服者叩門，自言「五世未葬，願假以治喪。」元振即與之，且不問姓名。十八歲舉進士，任俠使氣。為武后所知。睿宗景雲二年，進同中書門下三品（宰相），遷吏

部尚書。先天二年，又以兵部尚書再入相。不久，封代國公。兩唐書均有傳。

❷開元——唐玄宗年號，共二十九年，西元七一三至七四一年。據《登科記考》卷二，郭元振於高宗咸亨四年（六七〇）便中了進士，到開元中，已是西元七三〇左右，相差六十年之久！《唐書》載：元振開元元年病卒，年五十八歲而已。哪能有開元中落第之事。此文不過假借代國公的名字而已。

❸於晉之汾——在晉州去汾州。晉州：平陽郡。汾州：西河郡。俱在山西。

❹夜行陰晦失道——晚上行路，因天氣陰晦，暗無月色，迷了路。

❺燈燭熒煌，牢饌羅列——熒：光。煌：光明。燈火輝煌。牢：牲畜。牢饌：牛羊肉等作成之食品。

❻妾此鄉之祠，有烏將軍者，能禍福人——我們這一鄉有個祠，叫烏將軍祠。烏將軍能降禍，也能施福。

❼妾雖陋拙三句——我雖然又醜又笨，父親貪鄉人湊集的五十萬錢，暗中把我拿來應選。按：緡，用以穿錢的繩子。一串一千錢，叫一緡。五百緡，即五十萬錢。

❽以適於將軍——嫁給將軍。

❾父母棄之就死——棄：古「棄」字。父母拋棄我，讓我就死。

⑩惴惴哀懼——惴惴、憂懼貌。又害怕，又悲哀。

⑪吾忝大丈夫也——忝：謙詞。我既生來是一個男子漢、大丈夫。

⑫當殺身以狥汝——當陪妳一起死！（意思是：我若救不了妳，我同妳一起死！）

⑬若為儐——假作儐相。

⑭車馬騈闐——騈：雙。闐：塞滿門中。有「車馬排列而進，填滿門庭」之意。

⑮引翼以入——引導並翼護之而入。

⑯願為小相——願作司儀。

⑰伺其無機——俟他沒防備。無機心：無戒心。

⑱道從之吏——在前引導和在後跟從的小吏們。

⑲相與舁櫬而來——舁：音余，兩人抬一件東西叫舁。櫬：音趁。棺材。

⑳鎮神——鎮守一方之神。

㉑不爾——不如此。

㉒斸——音ㄓㄨˇ，斫。

㉓瓮——瓮、疑是「瓫」之誤。瓫：大盆。

㉔非鬻獵者——不是賣獵物的人。

㉕託質血屬——託生為有血親關係者。

㉖多歧援喻——引用各種道理來說服她。歧：岔路。一條大路，分成好幾個小路。我們說：「多歧亡羊。岔路太多，羊子走失了。」這裡是由好多小道理來說大道理。

三十一、張老

張老者，揚州六合縣園叟也。其鄰有韋恕❶者，梁天監❷中自揚州曹掾秩滿而來。有長女，既笄❸，召里中媒媼，令訪良壻。張老聞之，喜而候媒於韋門。媼出，張老固延入，且備酒食。酒闌❹，謂媼曰：「聞韋氏有女，將適人。求良才於媼，有之乎？」

曰：「然。」

曰：「某誠衰邁，灌園之業，亦可衣食，幸為求之。事成厚謝。」媼大罵而去。

他日又邀媼。媼曰：「叟何不自度。豈有衣冠子女，肯嫁園叟耶？此家誠貧，士大夫家之敵者，不少。顧叟非匹；吾安能為叟一盃酒，乃取辱於韋氏？」

叟固曰：「強為吾一言之。言不從，即吾命也。」媼不得已，冒責而入言之。

韋氏大怒曰：「媼以我貧，輕我乃如是！且韋家焉有此事。況園叟何人，敢發此議？叟固不足責，媼何無別之甚耶？」

媼曰：「誠非所宜言。為叟所逼，不得不達其意。」

韋怒曰：「為我報之，今日內得五百緡❺則可。」媼出以告張老，

乃曰：「諾。」未幾，車載納於韋氏。

諸韋大驚曰：「前言戲之耳。且此翁為園，何以致此？吾度其必無而言之。今不移時而錢到，當如之何？」乃使人潛候其女❻，女亦不恨。乃曰：「此固命乎。」遂許焉。

張老既娶韋氏，園業不廢。負穢钁地，鬻蔬不輟❼。其妻躬執爨濯，了無怍色❽，親戚惡之，亦不能止。

數年，中外之有識者❾責恕曰：「君家誠貧，鄉里豈無貧子弟，奈何以女妻園叟，既棄之，何不令遠去也？」

他日，恕置酒召女及張老，酒酣，微露其意。

張老起曰：「所以不即去者，恐有留念。今既相厭，去亦何難。某王屋山❿下有一小莊，明旦且歸耳。」

天將曙，來別韋氏。「他歲相思，可令大兄往天壇山⓫南相訪。」遂令妻騎驢戴笠，張老策杖相隨而去，絕無消息。

後數年，恕念其女，以為蓬頭垢面，不可識也。令長男義方訪之。到天壇南，適遇一崑崙奴⑫，駕黃牛耕田。問曰：「此有張老家莊否？」

崑崙投杖拜曰：「大郎子，何久不來。莊去此甚近，某當前引。」遂與俱東去。

初上一山，山下有水，過水，連綿凡十餘處，景色漸異，不與人間同。忽下一山，水北朱戶甲第，樓閣參差，花木繁榮，煙雲鮮媚，鸞鶴孔雀，洄翔其間，歌管寥亮耳目。崑崙指曰：「此張家莊也。」韋驚駭不測。

俄而及門。門有紫衣門吏，拜引入廳中。鋪陳之華，目所未睹。異香氤氳，遍滿崖谷。忽聞珠珮之聲漸近。二青衣出曰：「阿郎來此。」次見十數青衣，容色絕代，相對而行，若有所引。俄見一人戴遠遊冠，衣朱綃，曳朱履，徐出門。一青衣引韋前拜。儀狀偉然，容色芳嫩，細視之，乃張老也。言曰：「人世勞苦，若在火中。身未清涼，愁焰又熾，而無斯須泰時。兄久客寄，何以自娛？賢妹略梳頭，即當奉見。」因揖令坐。

未幾，一青衣來曰：「娘子已梳頭畢。」遂引入見妹於堂前。

其堂沉香為梁，玳瑁帖門，碧玉窗，珍珠箔，階砌皆冷滑碧色，不辨其物。其妹服飾之盛，世間未見。略序寒暄，問尊長而已，意甚鹵莽⑬。有頃進饌，精美芳馨，不可名狀。食訖，館韋於內廳。

明日方曙，張老與韋氏坐。忽有一青衣附耳而語。張老笑曰：「宅中有客，安得暮歸。」因曰：「小妹暫欲遊蓬萊山，賢妹亦當去，然未暮即歸，兄但憩此。」張老揖而入。

俄而五雲起於庭中⑭，鸞鳳飛翔，絲竹並作，張老與妻及妹，各乘一鳳，餘從乘鶴者十數人，漸上空中，正東而去。望之已沒，猶隱隱有音樂之聲。

韋君住後，小青衣供侍甚謹。迨暮，稍聞笙簧之音，倏忽復到。及下於庭，張老與妻見韋曰：「獨居大寂寞，然此地神仙之府，非俗人得遊。以兄宿命，合得到此。然亦不可久居，明日當奉別耳。」

及時，妹復出別兄，殷懃傳語父母而已。

張老曰：「人世遐遠，不及作書。」奉金二十鎰⑮，並與一故席帽曰：「兄若無錢，可於揚州北邸賣藥王老家取一千萬，持此為信。」遂別。復令崑崙奴送出，卻到天壇，崑崙奴拜別而去。韋自荷金而歸。

其家驚訝問之。或以為神仙，或以為妖妄，不知所謂。五六年間，金盡，欲取王老錢，復疑其妄。或曰：「取爾許錢不持一字，此帽安足信。」既而困極，其家强逼之曰：「必不得錢，亦何傷。」乃往揚州，入北邸，而王老者，方當肆陳藥。

韋前曰：「叟何姓？」曰：「姓王。」韋曰：「張老令取錢一千萬，持此帽為信。」王曰：「錢即實有，席帽是乎？」韋曰：「叟可驗之，豈不識耶？」王老未語，有小女出青布幃中，曰：「張老常過，令縫帽頂，其時無皂線，以紅線縫之。線色手踪，皆可自驗。」因取看之，果是也。遂得載錢而歸，乃信真神仙也。

其家又思女，復遣義方往天壇山南尋之。到即千山萬水，不復有路，時逢樵人，亦無知張老莊者。悲思浩然而歸，舉家以為仙俗路殊，無相見期。又尋王老，亦去矣。

後數年，義方偶遊揚州，閒行北邸前，忽見張家崑崙奴前曰：「大郎家中何如？孃子雖不得歸，如日侍左右。家中事無巨細，莫不知之。」因出懷金十斤以奉曰：「孃子令送與大郎君。阿郎與王老會飲於此酒家。大郎且坐，崑崙當入報。」

義方坐於酒旗下，日暮不見出，乃入觀之。飲者滿坐，坐上並無二老，亦無崑崙。取金視之，乃真金也。驚歎而歸。又以供數年之食。後不復知張老所在。

說明

一、《太平廣記》卷十六載此文。後註云：「《續玄怪錄》。」宋臨安書棚本《續玄怪錄》未列此文。商務《舊小說》卷四也將此文歸入《續玄怪錄》，題名〈張老〉。與《太平廣記》同。《類說》則題名為〈韋女嫁張老〉。列入《玄怪錄》。

二、本文依據上述各書校錄，予以分段，並加註標點符號。

三、王夢鷗先生《唐人小說研究》第四集中，述及〈韋女嫁張老〉篇中，認為此文乃在影射韋夏卿家子弟。將元稹比張老。蓋元稹初娶即韋氏。「以後日韋瓘對牛僧孺之百般攻訐觀之，則此為牛氏之文，當較是也。」（《唐人小說研究》第四集，頁十四、十五）王老師博覽群書，學識淵博。我們從他所論，將此文列入《玄怪錄》中。

且李復言作《續玄怪錄》，所記子物都不出唐代。本文述南朝梁天監年事，以歸入牛氏《玄怪錄》為宜。

註釋

❶韋恕——九品中正制，造成魏晉的士族政治。到了唐朝，士族以崔、盧、李、鄭、王五姓為士族之首。五姓之女，非士族不嫁。公主、郡主，遠不如五姓之女。其次有韋、杜等大族。諺語有說：「城南韋杜，去天尺五。」本文以韋生之女，配一灌園叟，非常可能有諷刺的意味。

❷梁天監中——南朝梁開國武帝蕭衍的年號，共十八年，自西元五〇二至五一九年。

❸自揚州曹椽秩滿而來——南朝州府，下設兵曹、戶曹等「曹」。其主官曰曹椽，類似今日的「科」，「科長」。秩滿：任滿。

❸笄——音雞。女孩子到了十五歲，把頭髮用竹笄束成髻。故曰：「十五而笄。」及笄之年，即許嫁之年。謂已達適婚年齡。

❹酒闌——飲酒者。半罷半在謂之闌。即喝酒喝了一半之時。

❺緡——緡：絲線，用以穿錢。一緡千錢。五百緡，即五十萬錢。

❻乃使人潛候其女——使人偷偷的打探女兒的意思。

❼負穢钁地，鬻蔬不輟——挑肥水、鋤地、賣菜，不停。

❽躬執爨濯，了無怍色——親自燒火洗衣，毫無不快的樣子。

❾中外之有識者——親戚和外人中有知識的人。

❿王屋山——在山西陽城縣西南。

⓫天壇山——王屋山頂有接天壇。

⓬崑崙奴——身體黝黑的馬來人奴隸。或謂是非洲人。

⓭意甚鹵莽——這裡應該是「簡略」的意思。父母親人瞧不起，遠離故鄉來到此間，不無心存芥蒂也。

⓮五雲起於庭中——白居易：「樓閣玲瓏五雲起。」五雲、彩色雲氣。

⓯金二十鎰——二十兩為鎰，四百兩。合二十五斤。

三十二、狐誦通天經

裴仲元逐兔，入一大塚中，見一狐憑棺讀書，仲元奪其書而歸家中。忽有一自稱胡秀才者來訪，願以千金換取所得之「通天經」。仲元拒不與。既而其亡兄又到訪，自謂來能識解書中文字。仲元出示天書，其兄奪書而遁。書既亡，仲元亦死去。

校志

一、本文廣記未載，《類說》節錄過甚，可能曾慥所見之原文，本已殘缺不全。故全文既未說到時間，也沒標明地點。

二、我們以「本事」方式節錄於此，聊備讀者參考。

三十三、柳歸舜（君山鸚鵡）

吳興❶柳歸舜。隋開皇❷二十年。自江南抵巴陵❸。大風吹至君山下。因維舟登岸。尋小逕。不覺行四五里。興酣。踰越蹊澗。不由逕路。忽道傍有一大石。表裡洞澈。圓而砥平❹。周匝六七畝。其外盡生翠竹。圓大如盎❺。高百餘尺。葉曳白雲❻。森羅映天❼。清風徐吹。戛為絲竹音❽。石中央又生一樹。高百尺。條幹偃陰❾為五色。翠葉如盤。花徑尺餘。色深碧。蘂深紅。異香成煙。著物霏霏。有鸚鵡數千。丹嘴翠衣。尾長二三尺。翾翔其間。相呼姓字。音旨清越❿。

有名武遊郎者。有名阿蘇兒者。有名武仙郎者。有名自在先生者。有名踏蓮露者。有名鳳花臺者。有名戴蟬兒者。有名多花子者。

或有唱歌者曰。吾此曲是漢武鉤弋夫人⓫常所唱。詞曰。

戴蟬兒。分明傳與君王語。
建章殿裡未得歸。朱箔金缸雙鳳舞。

名阿蘇兒者曰。我憶阿嬌⑫。深宮下淚。唱曰。

昔請司馬相如。為作長門賦。

徒使費百金。君王終不顧。

又有誦司馬相如大人賦者曰：「吾初學賦時。為趙昭儀⑬抽七寶釵橫鞭。余痛不澈。今日誦得。還是終身一藝。」

名武遊郎者言：「余昔見漢武帝乘鬱金檝。泛積翠池。自吹紫玉笛。音韻朗暢。帝意歡適。李夫人歌以隨。歌曰。顧鄙賤。奉恩私。願吾君。萬歲期。」

又名武仙郎者問歸舜曰：「君何姓氏行第⑭？」

歸舜曰。姓柳。第十二。

曰：「柳十二自何許來。」

歸舜曰：「吾將至巴陵。遭風泊舟。與酣至此耳。」

武仙郎曰：「柳十二官偶因遭風。得臻異境⑮。此所謂因病致妍耳。然下官禽鳥。不能致力生人。為足下轉達桂家三十娘子。」因遙呼曰：「阿春。此間有客。」

即有紫雲數片。自西南飛來。去地丈餘。雲氣漸散。遂見珠樓翠幕。重檻飛楹。周匝石際。一青衣自戶出。年始十三四。身衣珠翠。顏甚姝美。謂歸舜曰：「三十娘子。

使阿春傳語郎君。貧居僻遠。勞此檢校⑯。不知朝來食否。請垂略坐。以具蔬饌。」

即有捧水精床⑰出者。歸舜再讓而坐。阿春因教鳳花臺鳥：「何不看客？三十娘子以黃郎不在。不敢接對郎君。汝若等閒似前度。受捶！」

有一鸚鵡即飛至曰：「吾乃鳳花臺也。近有一篇。君能聽乎？」

歸舜曰：「平生所好。實契所願。」

鳳花臺乃曰：「吾昨過蓬萊玉樓。因有一章詩曰：露接朝陽生。海波翻水晶。玉樓瞰寥廓。天地相照明。此時下棲止。投跡依舊楹。顧余復何忝。日侍群仙行。」

歸舜曰：「麗則麗矣。足下師乃誰人？」

鳳花臺曰：「僕在王丹左右一千餘歲。杜蘭香⑱教我真籙。東方朔⑲授我秘訣。漢武帝求大中大夫。遂在石渠署⑳。見揚雄王褒等賦頌。始曉箴論。王莽之亂。方得還吳。後為朱然㉑所得。轉遺陸遜㉒。復見機雲製作。方學綴篇什。機雲被戮。便至於此。殊不知近日誰為宗匠。」

歸舜曰：「薛道衡㉓、江總㉔也。」因誦數篇示之。

鳳花臺曰：「近代非不靡麗，殊少骨氣。」

俄而阿春捧赤玉盤，珍羞萬品，目所不識。甘香裂鼻。

飲食訖。忽有二道士自空飛下，顧見歸舜曰：「大難得，與鸚䳇相對。君非柳十二乎？君船以風便，索君甚急。何不促回。」因投一尺綺曰：以此掩眼即去矣。」歸舜從之。忽如身飛。卻墜巴陵達舟中。舟人欲發，問之，失歸舜已三日矣。（柳）後卻至此。泊舟尋訪。不復再見也。

校志

一、本文據《太平廣記》卷一十八與商務《舊小說》第四集《續玄怪錄》校錄，予以分段，並加註標點符號。

二、《太平廣記》之文後注「出續玄怪錄」惟王夢鷗先生《唐人小說研究》四集中認為：「『今以其事多涉煙霞，紀時又托於唐代之前，頗與牛書他篇相近。』應該是牛僧孺《玄怪錄》中的文字。」或有可能。

註釋

❶吳興——今浙江之一縣。

❷隋開皇——開皇為隋文帝年號，共二十年，自西元五八一至六〇〇年。

❸巴陵——今湖南岳陽。

❹砥平——砥：平也。砥平：很平。

❺盎——盆。盎是口較腹略小，盆是口較腹略大。

❻葉曳白雲——葉在雲中飄動。

❼森羅映天——森羅：茂密。

❽戛為絲竹音——戛：戛俗字。形容鳴聲。

❾條幹偃陰——枝條樹幹灑下一大片樹陰。

❿音旨清越——清越：謂聲清能遠聞也。

⓫漢武鉤弋夫人——漢河間人，姓趙。生下來兩手握拳，武帝巡河間，召見，披其手，兩手才伸開。帝幸之，稱鉤弋夫人。生子，即昭帝。帝恐子少母壯，立太子前，先藉故賜死。昭帝

即位後，追尊為皇太后。

⓬阿嬌——漢武帝后。

⓭趙昭儀——趙飛燕，武帝嬪妃之一。

⓮姓氏行第——姓名排行。

⓯得臻異境——臻：至也，到達。

⓰勞此檢校——有勞掛記。

⓱水精床——鑲有水晶的坐具。

⓲王丹、杜蘭香——俱是仙人。

⓳東方朔、楊雄、王褒——俱是漢臣。

⓴石渠署——蕭何造石渠閣，以存於圖籍。漢成帝更用來藏書冊。

㉑朱然——三國吳人。原姓施。身高不滿七尺，而「案候分明，內行脩絜，終日欽欽」。官至左大司馬，右軍師。為孫權所倚重。

㉒陸遜——三國吳孫策的女婿為孫權所重。赤烏七年，代顧雍為丞相。六十三歲卒。陸機、陸雲，遜之孫，陸杭之子。

㉓薛道衡——字玄卿，隋汾陰人。文帝時為內史舍人，旋升內史侍郎，進上開府。久當權要。

他的〈昔昔鹽〉身為後世所寫。煬帝繼位，藉故賜自盡。還說：「還能說「空樑落燕泥」嗎？」「空樑落燕泥」，即昔昔鹽中警句。

㉔江總——字總持，考城人。梁代尚書僕射。入陳為尚書令。常隨陳後主後庭遊宴，作豔詩。

三十四、刁俊朝（癭中猱）

安康伶人❶刁俊朝，其妻巴嫗項癭❷者。初微若雞卵，漸巨如三四升平缾盎❸。積五年，大如數斛之鼎❹，重不能行。其中有琴瑟笙磬塤篪之響。❺細而聽之，若合音律。泠泠❻可樂。

積數年，癭外生小穴如針芒者，不知幾億。每天欲雨，則穴中吹白煙。霏霏❼如絲縷。漸高布散，結為屯雲❽，雨則立降。其家少長懼之，咸請遠送巖穴。俊朝戀戀不能已。因謂妻曰：「吾迫以眾議，將不能庇於伉儷。送君於無人之境，如何？」

妻曰：「吾此疾誠可憎惡。送之亦死，拆之亦死。君當為我決拆之，看有何物。」

俊朝即磨淬利刃❾，揮挑將及妻前，癭中軒然有聲❿，遂四分披裂。有一大猱，跳躍躅而去。即以帛絮裹之。雖癭疾頓愈，而冥然大漸矣⓫。

明日，有黃冠扣門曰：「吾內昨日癭中走出之猱也。吾本獮猴之精，解致風雨。無何與漢江鬼愁潭老蛟還往，常與覘船舸將至⓬，俾他覆之，以求舟中餱糧⓭，以養孫息。昨者，太一⓮誅蛟，搜索黨羽，故借尊君夫人蛐蟮之領⓯，以匿性命。雖分不相干，然為累亦甚矣。今於鳳凰山神處，求得少許靈膏。請君塗之，幸當立愈。」俊朝如其言塗之，隨手創合。俊朝因留黃冠，烹雞設食。食訖，貰酒⓰欲飲。黃冠因囀喉⓱高歌，又為絲匏瓊玉之音。罔不鏗鏘可愛⓲。既而辭去，莫知所詣⓳。時大定中也。

校志

一、本文據《太平廣記》卷二百二十校錄，予以分段，並加註標點符號。

二、此文《太平廣記》註「出《續玄怪錄》」。惟曾慥《類說》將此文歸入《玄怪錄》。《太平廣記》題名〈刁俊朝〉，而《類說》題名〈癭中猱〉。

三、文末「時大定中也。」按「大定」為後梁中宗宣帝蕭詧自立後梁國之年號。共八年，自西元五五五至五六二年。王夢鷗先生認為「大定」可能是「大足」之誤。「大足」為唐武后年號。（公元七〇一年）（南北朝北周靜帝年號也是大定。只一年，西元五八一年。）

註釋

❶安康伶人——安康：西魏名寧都。北周移置於漢陰縣治。隋復名安康，唐又改名漢陰。伶人：戲子。由地名安康來判斷，故事應該發生在後梁大定年間。

❷癭——頸上生的瘤叫癭，音影。

❸盎——音昂，盆。

❹數斛之鼎——斛：一斛可容五斗。鼎：三個腳的金屬容器。

❺琴、瑟、笙、磬、塤、篪——俱是樂器。塤篪：壎篪。

❻冷冷——有點涼涼的意思。

❼霏霏——本是雨雪密密之貌的意思。

❽屯雲——雲積在一處。

❾磨淬利刃——把鋒利的刀更予磨淬，使更為鋒利。

❿軒然有聲——好像開門一樣響一一聲便破開了。

⓫大漸——病轉劇。

⑫覘船舸將至——察看船隻之來到。睹：暗中窺伺。舸：大船。

⑬餱糧——餱：旅行所帶乾糧。

⑭太乙誅蛟——太乙：三王神之一。

⑮蝤蠐之領——《詩·衛風·碩人》讚美衛莊公夫人之美，說她：「領如蝤蠐。」領：脖子，頸。蝤蠐：白白胖胖的虫，形容美女的頸白白嫩嫩。

⑯貰酒——貰：買，賒欠。

⑰囀喉高歌——囀喉：謂喉音之善於轉折者。

⑱又為絲匏瓊玉之音。罔不鏗鏘可愛——又唱出如弦樂匏樂等樂器的玉石般的聲音，無不如金石之音般可愛。

⑲莫知所詣——不知往何處去了。

三十五、隴右三川掠剩使

韋元方外兄裴璞❶，卒。元方見武吏躍馬而來，乃璞也。言曰：「吾為隴右三川掠剩使。生人一飲一啄，無非前定。況財貨陰司所籍，其獲有限，過數，則陰吏狀使，乃掠之。子之逢吾，亦是前定，合得白金二斤；過此當掠，不厚也。人生有命，分毫不參差。以道靜觀，無躁撓，勉之哉！」

說明

一、本文錄自曾慥《類說》卷十一之《幽怪錄》（即玄怪錄）全文不見，所存似是刪節後的剩餘文字。

二、我們將全文加註標點符號，以便於閱讀。

三、所謂掠剩使，乃在警告人們不可貪財。一個人命中註定只能聚積一千兩銀子，若超過此數，掠剩使便會把他所多貪到的錢財予以「掠奪」。如，使其人發生意外，耗去多積聚的錢財。

四、本文過短，並無情節，應屬「志怪」，而非「傳奇」。

註釋

❶韋元方外兄裴璞——外兄，妻子的哥哥。按：韋、斐在唐朝屬大姓。唐代傳奇作者，好以著姓人為主角。如：太原王寅、隴西李益。此處韋元方、斐璞，都是士族人物。

三十六、娶耐重鬼

王煌自洛之緱氏❶莊道左，有白衣姬設祭，哭甚哀。旁二婢曰：「娘子適裴郎，已卒。少孤無家可歸……」煌與同行，到別墅成結褵之禮❷。

有道士任玄言曰「君所偶乃威神之鬼也。速絕尚可免禍。」

後數日，又曰：「決死矣！不信吾言至是，惜哉！明日，以符投之，當見本形。」

煌投符，立變為耐重❸。

鬼曰：「與汝情意如此，奈何取妖道士言，令吾形見。」捽❹煌臥床上，一踏而死斃。❺

玄言曰：「此乃北天王右蹄下耐重❻也。三千年一替，化形成人，擇替而取之❼。煌得坐死，滿三千年亦當求替；今既臥亡，終天不復得替矣❽。」

說明

一、本文據《類說》卷十一《幽怪錄》校錄，予以分段，並加註標點符號。

註釋

❶自洛之緱氏——從洛陽去緱氏。緱氏縣故城在今河南偃師縣南。

❷成結褵之禮——成親。結褵：今所謂「結婚」。

❸耐重鬼——佛寺中四大天王承足之鬼。

❹捽——手持。一說「持頭髮」。

❺踏而死斃——用腳將王煌踩死。

❻北天王右蹄下耐重——北天王，未悉是何神，而且有「蹄」！

❼擇替而取之——擇替：俗稱「找替身」。

❽終天不復得替矣——永遠找不到替身了。

三十七、劉法師

唐貞觀❶中，華陰❷雲臺觀有法師者，煉氣絕粒，迨二十年。每三元❸設齋，則見一人：衣縫掖❹，面黧瘦❺，來居末坐，齋畢而去。如此者十餘年。而衣服顏色不改。法師異而問之。對曰：「余姓張，名公弼，住蓮花峯東隅。」法師意此處無人之境，請同往。公弼怡然許之曰：「此中甚樂，師能便住，亦當無悶。」法師遂隨公弼行。

三二十里，扳蘿攀葛❻，纔有鳥逕❼，其崖谷嶮絕❽。雖猿狖不能過也❾，而公弼履之若夷途❿，法師從行，亦無難。遂至一石壁，削成。高值千餘仞⓫，下臨無底之谷。一逕闊數寸。法師與公弼，側足而立。

公弼乃以指扣石壁。中有人問曰：「為誰？」對曰：「某。」遂劃然開一門⓬，門中有天地日月。公弼將入，法師隨公弼亦入。

其人乃怒謂公弼曰：「何故引外人來？」其人因闔門。則又成石壁矣。

公弼曰：「此非他人，乃雲臺劉法師也。與余久故，故請此來。何見拒之深也？」又開門，納公弼及法師。

公弼曰：「法師此來甚饑，君可豐食遺之。」

其人遂問法師：「便住否？」⓭法師請以後期。其人遂取一盂水，以肘後青囊中刀圭⓮粉和之以飲法師。其味甚甘香。飲畢而饑渴之想頓除矣。

公弼曰：「余昨云：『山中甚樂。』君盍為戲，令法師觀之。」

其人乃以水噀⓯東谷中。俄有蒼龍白象各一。對舞。舞甚妙。威鳳彩鸞各一。對歌。歌甚清。頃之。公弼送法師迴。師劫顧。唯見青崖丹壑。向之歌舞。一無所睹矣。及去觀將近。公弼乃辭。

法師至觀。處置事畢。卻尋公弼。則步步險阻。杳不可階。法師痛恨前者不住。號天叫地。遂成腰疾。公弼更不復至矣。

校志

一、本文據《太平廣記》卷十八校錄，予以分段，並加註標點符號。

註釋

❶貞觀——唐太宗年號，共二十三年，自西元六二七至六四九年。

❷華陰——在陝西省。潼關縣西，華山之北。

❸三元——正月十五日上元，七月十五日中元，十月十五日下元。合稱三元。

❹衣縫掖——掖，同腋。

❺黧瘦——黑而瘦。

❻扳蘿攀葛——蘿：藤蘿。葛：多年生蔓草。其纖維可織成布。意謂攀著藤蔓而行。

❼鳥徑——俗稱「鳥道」。

❽嶮——山高峻的樣子。

❾雖猿狖不能過也——猿猴都上不去。言極險峻。

❿履之若夷途——平坦的道路。

⓫千餘仞——八尺為仞，意為八千餘尺。

⓬劃然開一門——劃的一聲，一門開啟了。

⓭便住否？——即便要住下來嗎？

⓮刀圭——量藥之器。大概一刀圭只不過一小粒梧桐子的量。

⓯噀——音巽，噴水。通常道士作法，經常噴水念咒。

三十八、葉令女

汝州葉縣令❶盧造者，有幼女，大歷❷中許嫁邑客鄭楚之子元方。俄而楚錄潭州軍事❸，造亦辭滿寓葉。後楚卒，元方護喪居江陵。數年間音問兩絕。縣令韋計，為子娶焉。❹

其吉辰❺，元方適到葉。會武昌戍邊兵亦止其縣。縣隘，天雨甚，元方無所容❻，逕往縣東十餘里佛舍。

舍西北隅有若小獸號鳴者，出火視之，乃三虎雛，目尚未開。以其小，未能害人，且不忍投之雨中，閉門堅拒而已。

約三更初，虎來觸其門，不得入；其西有窗亦甚堅，虎怒搏之，櫺折❼，陷頭於中，為左右所轄❽，進退不得。元方取佛塔磚擊之，虎吼怒拏攫❾，終莫能去。連擊之，俄頃而斃。

既而門外若女人呻吟，氣甚困劣。

元方問曰：「門外呻吟者，人耶鬼耶？」

曰：「人也。」

曰：「何以至此？」

曰：「妾前葉縣令女也。今夕將適韋氏，親迎將登車，為虎所銜而來投此。今既無損，而甚畏其復來，能相救乎？」

元方奇之，執炬⑩出視，乃真衣纓也，年十七八，禮服儼然，泥水皆澈⑪。扶入，復固其門，遂拾佛塔毀像以繼其明⑫。

女曰：「此何處也？」

曰：「縣東佛舍爾。」

元方言姓名，且話舊諾。女亦能記之，曰：「妾父曾許妻君，一旦以君之絕耗也，將嫁韋氏。天命難改，虎送歸君。莊去此甚近，君能送歸，請絕韋氏而奉巾櫛⑬。」

及明，送歸。其家以虎攫去，方將制喪服，忽見其來，喜若天降。

元方致虎於縣，具言其事。縣宰異之，遂以盧氏歸於鄭焉。當時聞者，莫不歎異之。

說明

一、本文根據曾慥《類說》校錄，並予以分段，加註標點符號。

二、《太平廣記》和《舊小說。玄怪錄》都未錄此文。

三、《太平廣記》卷四二六至四三三，八卷都是敘說有關虎的故事。爭奇鬥豔，讀者不妨一讀。

註釋

❶縣令——唐之縣令分六等。京縣縣令，正五品上。畿縣，正六品上。上縣，從六品上。中縣，正七品上。中下縣，從七品上。下縣令則只有從七品下。

❷大歷——代宗年號，共十四年，自西元七六六至七七九年。

❸錄潭州軍事——為潭州之錄事參軍官。唐錄事參軍，視大州小州之別，官階為從七品上至從八品上。

❹縣令韋計，為子娶焉——縣令韋計，為兒子娶前縣令盧造的女兒。

❺吉辰——成婚的吉日良辰。

❻元方無所容——鄭元方找不到可收容之所。

❼櫺——音靈，窗子的格子。橫木。

❽為左右所轄——為窗子的橫木、直木左右夾住。

❾拏攫——搏擊牽引。常作攫拏、攫拏。在此為「拼命掙扎的意思。」

❿炬——火炬。燭。

⓫禮服儼然，泥水皆澈——禮服整整齊齊，為泥水濕透了。

⓬遂拾佛塔毀像以繼其明——把佛塔中的破爛了的木頭佛像燒起來繼續照明。

⓭請絕韋氏而奉巾櫛——謝絕韋氏的婚事而為你奉巾櫛，即嫁給元方的意思。

三十九、定婚店

杜陵❶韋固，少孤❷，思早娶婦，多歧求婚❸。必無成而罷。

貞觀二年❹，將遊清河❺，旅次宋城❻南店。客有以前清河司馬❼潘昉女見議者，來旦先，期於店西龍興寺門❽。固以求之意切，旦往焉❾，斜月尚明。有老人倚布囊，坐於階上，向月檢書。固覘❿之，不識其字；固既非蟲篆、八分、科斗⓫之勢，又非梵書⓬。問曰：「老父所尋者何書？固少小苦學，世間之字，自謂無不識者，西國⓭梵字，亦能讀之；唯此書目所未覿⓮，如何？」

老人笑曰：「此非世間書，君因得見？」

固曰：「非世間書則何書也？」

曰：「幽冥之書。」

固曰：「幽冥之人，何以到此？」

曰：「君行自早，非某不當來也。凡幽吏皆掌生人之事，掌人可不行其中乎？今道途之行，人鬼各半，自不辨爾。」

固曰：「然則又何掌？」

曰：「天下之婚牘耳。」[15]

固喜曰：「固少孤，常願早娶，以廣胤嗣[16]。爾來[17]十年，多方求之，竟不遂意。今者人有期此，與議潘司馬女，可以成乎？」

曰：「未也。命苟未合，雖降衣纓而求屠博[18]，上不可得，況郡佐乎？君之婦，適三歲矣；年十七，當入君門。」

因問：「囊中何物？」

曰：「赤繩子耳，以繫夫婦之足。及其生，則潛用相繫[19]。雖讎敵之家，貴賤懸隔[20]，天涯從宦，吳楚異鄉[21]，此繩一繫，終不可逭[22]。君之腳，已繫於彼矣，他求何益？」

曰：「固妻安在？其家何為？」

曰：「此店北賣菜陳婆女耳。」

固曰：「可見乎？」

曰：「陳嘗抱來，鬻菜於市[23]。能隨我行，當即示君。」

及明，所期不至。老人卷書揭囊而行㉔。固逐之㉕，入菜市。有眇嫗㉖，抱三歲女來，弊陋亦甚㉗。老人指曰：「此君之妻也。」

固怒曰：「煞之可乎？㉘」

老人曰：「此人命當食天祿㉙，因子而食邑㉚，庸可煞乎？㉛」老人遂隱㉜。

固罵曰：「老鬼妖妄如此，吾士大夫之家，娶婦必敵㉝；苟不能娶，即聲伎之美者㉞，或援立㉟之。奈何婚眇嫗之陋女？」磨一刀子，付其奴曰：「汝素幹事，能為我煞彼女，賜汝萬錢。」

奴曰：「諾。」

明日，袖刀入菜行中，於眾中刺之，而走。一市紛擾。固與奴奔走，獲免。問奴曰：「所刺中否？」曰：「初刺其心，不幸才中眉間。」

爾後固屢求婚，終無所遂。

又十四年，以父蔭參相州軍㊱。刺史王泰俾攝司戶掾㊲，專鞫詞獄㊳，以為能，因妻以其女。可年十六七，容色華麗；固稱愜之極㊴。然其眉間，常貼一花子㊵，雖沐浴閒處㊶，未嘗暫去。歲餘，固訝之，忽憶昔日奴刀中眉間之說，因逼問之。

妻潸然曰：「妾郡守之猶子42也，非其女也。疇昔父曾宰宋城43，終其官。時妾在襁褓44，母兄次沒45。唯一莊在宋城南，與乳母陳氏居。去店近，鬻蔬以給朝夕（四十六）。陳氏憐小，不忍暫棄。三歲時，抱行市中，為狂賊所刺。刀痕尚在，故以花子覆之。七八年前，叔從事盧龍47，遂得在左右。仁念以為女嫁君耳。」

固曰：「陳氏眇乎？」

曰：「然，何以知之？」

固曰：「所刺者固也。」

乃曰：「奇也。命也。」因盡言之，相欽愈極48。

後生男鯤，為雁門太守，封太原郡太夫人。乃知陰騭之定，不可變也49。宋城太守聞之，題其店曰：「定婚店」。

校志

一、本文據《太平廣記》卷一百五十九、商務《舊小說》卷四《玄怪錄》與宋臨安書棚本《續玄怪錄》諸書校錄，予以分段，並加註標點符號。

二、王夢鷗先生《唐人小說》第四集上篇二中，認此文敘事，「跌宕有氣勢，或屬牛書」。他並在同書中將此文列入〈玄怪錄〉中類似行卷之文章中。

三、本文開頭「貞觀二年」，係《太平廣記》之文。臨安本《續玄怪錄》為「元和二年」。經查《唐書・地理志》〈河北道〉：「武德元年置相州總管府，四年廢。貞觀十年復置都督，十六年廢。天寶元年改為鄴都，乾元元年後為相州。惟乾元以後，相州已淪為「魏博」所轄，王夢鷗先生認為，元和二年不當仍記「相州軍」名，故以「貞觀二年」為當。

四、我們姑將此文坿於《玄怪錄》後，供讀者參讀。

註釋

❶杜陵——在今陝西省長安縣東南。秦時設杜縣。漢宣帝陵墓在杜，故稱杜陵。又稱樂遊原。李商隱詩：「樂遊原上望昭陵。」

❷少孤——幼而無父曰孤。

❸多歧求婚——道旁出曰「歧」。多方面求婚。

❹貞觀二年——《太平廣記》作「貞觀」二年。他書作「元和二年」。貞觀，唐太宗年號，共

二十三年，自西元六二七至六四九年。元和則為唐憲宗年號，共十五年。二年約當西元八〇七年，相差一百七十九年。

❺清河——今河北清河縣。

❻旅次宋城——次：住，止。宋城：今河南商邱縣南。

❼司馬——《唐六典》州刺史之下，別駕一人，而後長史一人，司馬一人。

❽期於店西龍興寺門——約定在店西龍興寺門口見面。期：約會。

❾旦往焉——拂曉而往。

❿覘——偷窺。

⓫蟲篆、八分、科斗——都是書體名。如草字、行書、正楷。

⓬梵書——印度古文。

⓭西國——印度在我國之西，故曰西國。西天取經，即是赴印度取經。

⓮所未覿——覿：音笛，見面。長輩給幼輩的見面禮叫覿儀。此字也可能是「睹」字之誤。

⓯婚牘——古時寫字的竹木片，小而薄者稱牒。厚而大者曰牘。公文曰牘。婚牘：婚姻簿。

⓰胤嗣——子孫相承續曰胤。胤嗣、子孫。

⓱爾來——近來。邇來。

⑱降衣纓而求屠博——降低官宦家庭的地位，求屠夫賭徒之輩為親。

⑲潛用相繫——暗中把他們繫起來。

⑳貴賤懸隔——貴賤相差很多。貧富懸殊。

㉑天涯從宦，吳楚異鄉——在很遠的地方作官，或者蘇、浙與湘、鄂之異地隔開。

㉒此繩一繫，終不可逭——只要這紅繩子把男女雙方繫上了，終究是躲不掉的，解不開的。

㉓陳嘗抱來，鬻菜於市——陳婆曾抱著她到市場中賣菜。

㉔卷書揭囊而行——卷起書，背起袋子走。揭：背負。

㉕逐之——追隨他。

㉖眇嫗——一隻眼的老婦。嫗：音域，老婦人。

㉗弊陋亦甚——醜陋難堪。弊：疲倦。陋：醜陋。

㉘煞之可乎？——煞：通殺。

㉙命當食天祿——命中注定要食天子之祿。

㉚因子而食邑——邑：封地。食邑：因為兒子而享有封邑的租稅。

㉛庸可煞乎？——庸可：豈可。

㉜老人遂隱——老人遂不見了。

㉝娶婦必敵——娶妻一定要相配。

㉞聲伎之美者——伎：妓。歌妓之美者。

㉟援立——提升立為妻子。

㊱以父蔭參相州軍——以父親的功勞而獲得相州參軍的官。唐州刺史之下，有別駕一人、長史一人、司馬一人、錄事參事軍一人、司功參事軍一人、司倉參事軍一人、司戶參事軍一人、司兵參事軍一人、司戶參軍事二人，司士參軍事一人，參軍事四人。

㊲王泰（刺史）俾攝司戶掾——刺史讓他代理司戶之職。攝：代理。

㊳專鞫詞獄——鞫：審理。詞：民事案件。獄：刑事案件。

㊴固稱愜之極——稱心滿意。

㊵貼一花子——花子：即花黃，裝飾品。

㊶雖沐浴閒處——即使洗澡和獨處之時（都不把花子拿去）。閒，此處音ㄐㄢ。

㊷猶子——姪子、姪女。

㊸疇昔父曾宰宋城——從前父親曾任宋城宰。

㊹在襁褓——嬰兒之時。

㊺母兄次沒——母親和兄長次第去世。

46 鬻蔬以給朝夕——賣菜以供過日子。

47 叔從事盧龍——叔叔到盧龍工作。

48 相欽愈極——更加相敬相愛。

49 陰騭之定，不可變也——天意暗中的決定，是不可能變更的。

四十、塚狐學道成仙

黨超元隱居華山修道。一妙齡女子到訪，自稱是狐，學道已成。但解脫之時，必須全尸。次日有獵人獲得全狐經過，乞購狐尸，予以埋葬，當有回報。超元依其言行事，果向獵人買到狐尸，予以安葬。狐女泣謝，告以「息念靜思」之法，依法而行，自然入道。並餽送超元藥金五十斤。後一胡僧將金購去，言是「九天液金」。

校　志

一、此文《太平廣記》未載。曾慥《類說》節錄太過，文氣不順，我們僅將全文摘錄如上。

二、此文雖甚簡略，但「息念靜思」一句，頗有哲理。人若能作到，自然心身健康，延年益壽，全文之宗旨，便是此語。

秀威經典

語言文學類　PG1961　新視野48

教你讀唐代傳奇
——玄怪錄

作　　者／劉　瑛
責任編輯／辛秉學
圖文排版／楊家齊
封面設計／蔡瑋筠

出版策劃／秀威經典
發 行 人／宋政坤
法律顧問／毛國樑　律師
印製發行／秀威資訊科技股份有限公司
114台北市內湖區瑞光路76巷65號1樓
電話：+886-2-2796-3638　傳真：+886-2-2796-1377
http://www.showwe.com.tw
劃撥帳號／19563868　戶名：秀威資訊科技股份有限公司
讀者服務信箱：service@showwe.com.tw
展售門市／國家書店（松江門市）
104台北市中山區松江路209號1樓
電話：+886-2-2518-0207　傳真：+886-2-2518-0778
網路訂購／秀威網路書店：http://store.showwe.tw
國家網路書店：http://www.govbooks.com.tw

2018年1月　BOD一版
定價：250元

國家圖書館出版品預行編目

教你讀唐代傳奇 : 玄怪錄 / 劉瑛著. -- 一版. --
臺北市 : 秀威經典, 2018.01
面 ;　公分
BOD版
ISBN 978-986-95667-7-3(平裝)

857.241　　106025372

讀者回函卡

感謝您購買本書，為提升服務品質，請填妥以下資料，將讀者回函卡直接寄回或傳真本公司，收到您的寶貴意見後，我們會收藏記錄及檢討，謝謝！

如您需要了解本公司最新出版書目、購書優惠或企劃活動，歡迎您上網查詢或下載相關資料：http:// www.showwe.com.tw

您購買的書名：＿＿＿＿＿＿＿＿＿＿＿＿＿＿＿＿＿＿＿＿

出生日期：＿＿＿＿＿年＿＿＿＿＿月＿＿＿＿＿日

學歷：□高中（含）以下　□大專　□研究所（含）以上

職業：□製造業　□金融業　□資訊業　□軍警　□傳播業　□自由業

□服務業　□公務員　□教職　□學生　□家管　□其它＿＿＿

購書地點：□網路書店　□實體書店　□書展　□郵購　□贈閱　□其他

您從何得知本書的消息？

□網路書店　□實體書店　□網路搜尋　□電子報　□書訊　□雜誌

□傳播媒體　□親友推薦　□網站推薦　□部落格　□其他＿＿＿＿＿

您對本書的評價：（請填代號　1.非常滿意　2.滿意　3.尚可　4.再改進）

封面設計＿＿　版面編排＿＿　內容＿＿　文／譯筆＿＿　價格＿＿

讀完書後您覺得：

□很有收穫　□有收穫　□收穫不多　□沒收穫

對我們的建議：＿＿＿＿＿＿＿＿＿＿＿＿＿＿＿＿＿＿＿＿

＿＿＿＿＿＿＿＿＿＿＿＿＿＿＿＿＿＿＿＿＿＿＿＿＿＿

＿＿＿＿＿＿＿＿＿＿＿＿＿＿＿＿＿＿＿＿＿＿＿＿＿＿

＿＿＿＿＿＿＿＿＿＿＿＿＿＿＿＿＿＿＿＿＿＿＿＿＿＿

請貼
郵票

11466
台北市內湖區瑞光路 76 巷 65 號 1 樓

秀威資訊科技股份有限公司 收

BOD 數位出版事業部

(請沿線對折寄回，謝謝！)

姓　名：＿＿＿＿＿＿＿＿＿　年齡：＿＿＿＿　性別：□女　□男

郵遞區號：□□□□□

地　址：＿＿＿＿＿＿＿＿＿＿＿＿＿＿＿＿＿＿＿＿

聯絡電話：(日) ＿＿＿＿＿＿＿＿＿ (夜) ＿＿＿＿＿＿＿＿＿

E-mail：＿＿＿＿＿＿＿＿＿＿＿＿＿＿＿＿＿＿＿＿